Ludwig Weibel

Die Kunst des Seinserkennens

Geh durch's Tor zur Wonne des Begreifens

Books on Demand

FSC
www.fsc.org
MIX
Papier aus verantwortungsvollen Quellen
Paper from responsible sources
FSC® C105338

Bibliographische Information der Deutschen Nationalbibliothek
Die Deutsche Nationalbibliothek verzeichnet diese Publikation in der deutschen Nationalbibliographie, detaillierte bibliographische Daten sind im Internet über http://dnb.dnb.de abrufbar.

Herstellung und Verlag:
BoD – Books on Demand, Norderstedt
ISBN 9783844814224

Ludwig Weibel

Die Kunst des Seinserkennens

Inhalt

Strömende Unendlichkeiten

1.1

Das Ich Bin ist jedem andern Seien haushoch überlegen, ist Es doch der Ursprung aller Dinge und des Daseins einzige Gewähr im Bieten und Verbieten, im Beschauen einer Wirklichkeit, die sich dem Wirklichen entzieht, wie im beständigen Sich Behaupten gegenüber soviel Unbeständig-keiten, die sich scharweis durch das Leben ziehn. Wer Geschmack hat, lässt sich von Mir allgemach zum Seligsein verleiten im Erkennen Meines allbewegenden Bedeutens. Schein Ich vielen nicht von hier, so sollst du selber dich nach dem befragen, was beständig in dir wirkt und deines Wesens Glut und Mitte ist im selbstverständlichen Dein-Bild zu Markte Tragen. Immer glaubst du, deine Hüllen seien auch dein Sein, doch wahrhaftig Bin Ich es in dir und du in Mir, die an den Fäden ziehn der tanzenden Gestalten. Zu lernen ist, was du denn bist und sein willst in der Kunst des Seinserkennens über allem sinnenfälligen Gepränge. Geh in dich und leuchte deinem Sehnen heim nach Ruhe, Übersicht und Frieden. Deiner Seele Mängel kannst du nur im Gang zu Meinen stillen Wassern wirkungsvoll beheben. Das Gedankenträchtige, das dich im Kreise führt, soll mählich von dir weichen, indem du dich der Zartheit Meiner Weisungen ergibst, die aus dem Weiselosen sich erheben. Lauterkeit und Wohlverstehn sind dir gewiss, wenn Gutes sich zur Güte fügt, mit der Ich dich begabe. Den Stern der Zuversicht lass leuchten über deinem Willen, mehr aus dir zu machen, als du je dir denken konntest in der Alchimie des Sinnens vor dich hin. Denn dein Geschick ist unfehlbar mit dem verbunden, was du schicklich findest in der Weise deines Dich Betragens. Ist es aber ein Dich Meiner NäheNähern, kommt die Hilfe auch von Mir und

Meinem Weistum voll in dich gefahren. Lass dich nieder, wo die Macht ist Meines Dich Behütens und erweise dir die Klugheit, keinen andern Herrn, als Mich in deinem Reich zu dulden. Sieh die strenge Zucht, mit der Ich alleweil regiere und bedenke, dass sie dich zu Freudenhöhen führt im wahren Freisein von den weltbedingten Nöten. Nur Wahrhaftigkeit und Tugend lass Ich gelten als geschrieben über Meinem Tor zur Wonne des Begreifens Meiner Gründe als den deinen und zum Einssein mit dem Höchsten in den Sphären wonnevoller Ruh.

1.2

Dein Weltenwort anheimgegeben trägt die Seele sich dem Allerbesten an, das Ist und das die Welten nährt wie Mütter ihre Kinder säugen. Tonangebend ist es in der Ausgewogenheit der Sphären und tief beglückend für das lauschende Gehör, dem alle Weisheit zukommt eines Seienden von höchsten Gnaden. Leuchtend, strahlend überwallt Es das Gewissen seiner Bürgen und bewegt das Zu Bewegende vom Feinsten bis zum Grandiosesten an unsichtbaren Fäden, die dem Einzelnen den Spielraum seines Selbsterkennens lassen und zugleich das Ganze ins erhabene Vollenden führ'n. Hilfst du Mir, so kann Ich dir zum Sieg verhelfen über Knollen, Schollen einer langgedehnten Bahn bewussten Lernens in der Lebensliturgie. Wie gerne komm Ich deinem Sinngehalt entgegen, wie bezaubernd zaubr' Ich deiner Bilder philanthropische Gebärde vor dich hin, dem Menschensein Gewicht und Andacht, Sinn und Traulichkeit zu geben. Was du immer dir bedeutest, deut es als ein Zeichen Meiner Gunst im rigorosen Gunsterweisen, das Ich aller Welt gewähr. Von Edelmut zum Mutvoll dich Bewähren führ Ich deine Art des Dich Behauptens in der Ausgesetztheit deiner Zeit und lass dich

niemals in dir selber wanken. Deines Seins Gewissen gleicht sich Meinem so beizeiten an und lächelt aller Welt das Kredo der Glückseligkeit entgegen. Nach der Herzensunrast findest du in absoluten Gründen unverbrüchlich deine Ruh und findest sie für immer in gezieltem Dehnen und in seinsgewisser Demut vor dem Unerschöpflichen, das Ich dir Bin in brausender Geschicklichkeit und in der Tracht der Stille, die dein Dasein schmückt, wie Blumen Gärten schmücken, seliglich im Keimen.
Ich finde, was du findest, ohne noch zu suchen; Ich wirke deiner Hände Werk in treuem Dich Begüten, wie im Mass der Überschwänglichkeit, mit dem Ich jedes Sehnens Spur verfolge und beglücke und mit Sinn erfülle im erhabnen Rauschen Meiner ewigen Symphonie.

1.3

Seinsbewusstheit die Ich meine, wenn Gedanken hochgalant im Ewigen spazierengehn. Nüsse knacken ist nicht schwer, wenn sie von selbst sich öffnen und die Frucht dem Stauner bringen dar. So geschieht's, wenn aus dem Weiselosen eine Weise sich erhebt von all so süssem Klingen und sich schmiegt in des Geringen Ohr. Wie freut sich da sein Herz und schweigt in reinem Jubel ob dem wundertätigen Seinsgedankenfluten, das ihm innewohnt und ihm die Fäden spinnt im Wortverbinden. Es gewahrt sich das Ich Bin in voller Aktion des Schaffens neuer Sinnbezüge und bewahrt sich so im Guten. Reden muss es da nicht viel. Es ist und fühlt sich sein in immer währendem Genügen. Nur die Trautheit in der eignen Hemisphäre lässt es so sich selbst als wohlgefällig und erfinderisch erscheinen. Scherze leisten kann es sich in freiem Singen ebenso, wie in den Ernst des Seinsbezugs verfallen, der allem innewohnt im evolutionenlangen

Schicht aufSchicht herzinnigen Erfahrens Häufen, ohne Ende, ohne Ziel.
Was sich selber denkt, hat schnell entschieden, weil ihm nur das Rechte zukommt im Gericht der Zeiten. Ohne Wende traut es sich, im Dickicht der Gewalten doch den Weg zu finden zum ersehnten Heil im Gründlichen. Das macht den Reichtum seiner Züge; das lässt es niemals stille stehn vor hindernisgespickten Weiten. Was ihm frommt, kann sich ein jeder leisten, wenn er seiner Tiefen sich bewusst wird im gekonnten Vorwärtsstreben. Nur Gerecht sein und die Inbrunst flammender Begeisterung gehört dazu, wenn sich ein Element ins Ganze fügen will und fügt des Seinsnatürlichen, das ihm die Göttergunst mit auf den Weg gegeben.
Nun liegt's an dir, dies Ganze zu erfahren im beseelten Durch-die-Lebenstage-Gehn. Nicht wichtig ist, was der und jener dir besagen, nur was du selber dir gewissenhaft und treulich ins Erkennen lockst, ist von Belang und nährt die Hoffnung auf das allgemeine Wohl, das in den Sternen steht geschrieben.

1.4

Was ist mehr zu klären in der Welt, als Meine Sicht der Dinge, wie sie wirklich stehn. Was begünstigt ihren Lauf schlussendlich mehr, als alle weiteren Begünstigungen, wenn nicht Meines Freiseins Volte in die Lebenskräfte schiessen und sie unentwegt befeuern zur bedeutungsvollen Tat. Weder Eigendünkel noch geschliffne Raffgier können leisten, was dem Lichte frommt, das Ich verbreite in jedwelcher Form des liebenden Begütens. Fördernd, helfend, rettend und befriedend soll es für dich sein, den Gang der Welt nach Meinem Sinn zu lenken.

Wachsamkeit weckt Freude in den Sphären und vermählt die Auferweckten mit des Seinserhabenem Geschwistertum, dem alle implizite angehören. Ganz denselben Mächten untertan ist jedes Wesen in der Weltnatur, und Auferstehen heisst, sich seiner selbst bewusst zu werden als das Wesentliche, das sich äussern will und äussert in unendlich weisem Zielen. So nur kann sich Sinn zu Sinn ins Zeitgeschehen drängen; so erhebt sich das Geknickte und geschieht der Wandel zum Gerechtsein vor den Toren der Allherrlichkeit, die sich den Silberglanz zur Stätte auserwählt.
Das Gedrungene wird wieselschlank und wendig allsobald wie es sich reckt nach Meiner Art, das Lebensspiel zu intonieren. Kampflust fällt dahin und muss der Sanftmut dienen im beständigen Vorwärtsgehn zu Meinen Gütern, die Gelassenheit, gestählter Wille und Beseligung heissen. Lächelnden gewähr Ich lächelnd Trost in ihrem Streiten; Exaltierten extrahiere Ich den Stachel, der in ihrem Fleische sitzt, noch eh sie sich auf weitern Übermut besonnen haben. Wem die Stunde schlägt, darf frohen Sinns Mein Heiligtum betreten und in ihm Befreiung vom Bewusstsein irgendwelcher Not und Tücke finden. Gerechten Ganges schreitet er nach Götterart dahin, wo Licht und Freude ihn erwarten und Erwähltes sich Harmonischem gesellt im Gleichnis der Gefühle und im Wonnesein, das die Gesegneten erfüllt in ihrem Schauen. Wohlverstand und Seiden glätte des Gemüts erreichen ihren höchsten Stand im seligen Zusammenfügen und ergeben sich der ruhigen Gewissheit des Alleinsseins mit den Gründen Meiner Ruh.

1.5

Denken ist nicht Sein und Sinnen nicht Erkennen in der Meisterschaft des mythologischen Gebärdens. Meiner Kunst gemäss gewahre Ich, was Sterbliche noch nicht gewahren; Meinem In Mir Sein ist Köstlichkeit und Unbescholtenheit beschieden.

Wahre Andacht quillt aus Herzensgründen unentwegt zur Gottheit, die Ich Bin, empor und befähigt Mich zur Tat des Ineinanderrieselns, wonnevoll und wahr. Lust und Leistung sind mit ihr verbunden und gewähren Fortschritt nach der Art der Überschauenden im Evolutionenringen. Züchtig und bescheiden sind sie ebenso wie tüchtig in der Wohlfahrt, die ihr Seien produziert und, Händeln fern, ist Spielraum ihres Handelns und Begreifens, was sie sind im beglückten Allempfinden.

Aus den Süchten in die Wucht der klärenden Gerechtigkeit gestiegen, wandeln sie als Seinsbeseligte dahin und lassen alle Welt voll Verve und voll Ergebenheit den Seinsgrund spüren. Von ihnen strahlt sich Güte wie die Sonne rundweg zur gestrandeten Moral und lässt den Heilspruch in die malträtierten Häupter fahren. Tragödien hebt sie ins Befrieden elfenleicht empor und bereitet den Gezähmten Festlichkeit und Würde in holdseliger Manier. Macht und Milde sind in eins versponnen, wo die Träume wahr sind und die Sehnsuchtsbäume ihrer weiten Kronen Blätterrauschen in die Himmelsfreie senden. Dinglichkeit wird Ausdruck einer seelenvollen Mitte, die gestaltend, waltend und befriedend ihr gekonntes Sich Veräussern mit der Unver-ständigkeit bezahlt, die ihr die Sinnverhafteten entgegenbringen. Eine Weide für die Wachen ist der Geister Treiben, das die Welt im innersten berührt und ihrer Kerne Pol zum Guten wendet in der Weisheit stillendem Beruf. Trunk der Welt ist wohlgetrunken, wenn die Seinslust mit im

Spiel und wenn der Sehnsucht Atem sie zur Wende bringt im Auf und Nieder der pulsierenden Gezeiten.

1.6

Mahnmal Meiner selbst Bin Ich in tosenden Gewässern, wirren Winden, Unbarmherzigkeiten, wie im Wesen der gespensterhaft in sich erstarrten Ruh. Wecken will Ich so, was in Mir brodelt nach Gerechtigkeit und Güte, nach Gezähmtem und Gesittetem im seinsbewussten Umgang mit den Gütern Meiner Wahl. Sowie Ich Mich verstiegen, sehn' Ich Mich nach Mass und Würde; Willkür ist Mir fremd und nur das Wohlbedachte, Wohlgefühlte sättigt Meinen Anspruch nach Beseligung in majestätischem Umrunden. Ewig währt die Treue zum Erhab'nen, das Ich Mir in Zeichen und in Zeiten Bin, zum Unerhörten, dem die offnen Münder mit Begeistrung folgen und zum Weise Wissenden, in dem sich aller Rätsel Hochmut mit dem Lobge-sang der Lebensminne still verbrüdert, um den Weg der Sanftmut künftiglich zu gehn.
Sonderlich geschult Bin Ich im Kraftverteilen an die wallenden Gemüter, die in Meinem Sinne vorwärts gehn. Wie lieb Ich sie, wie siebe Ich für sie, was strömt aus Meinen Unerschöpflichkeiten. Handeln zeitigt Wandel der Gegebenheiten und befruchtet Meiner Taten Feld im Sein des phantasiebegabten Variantenspiels. Wunderwerke können nur in Wagnis, Emsigkeit und friedefertigem Gedulden recht erstehn, als Ansporn für die Malefize, die im Schnuppern noch ihr einzig Handwerk sehn. Nur ziehn, nur ziehen wie die Wandervögel ist Mein Mich Begleiten durch die Wiederkunft der Tage; Abschied nehmen das Gesunden Meines Drangs nach Weiten, weiterführender Vernunft und duftenden Oasen der Genügsamkeit in seligem Gestilltsein sinnlos vor Mich hin. Geschenke hab Ich Mir

schon immer gern gegeben und so spend Ich aus den Speichern nie gemessner Fülle, was den Frommen zukommt in der Zartheit des Natürlichen, die ihnen eigen und in der sie, Glück vom Glück in zärtlichem Befrieden des Erregten sonngleich durch das Leben gehn. Welten sind zu Welten lieb gesellt in diesem Unterfangen Meiner Tugendhaftigkeit im Ewigen.

1.7

Gezielt sich in ein Werk verspinnen heisst, es auch im innersten begreifen, ohne seines Greifens Ende abzusehn. Die Guten wie die Schlimmen bringen sich voran in ihrem Deuten der Gelegenheiten und bewähren sich auf ihre Art als Glückbegabte oder als Getriebene zu neuem Unheil in der Kette ihrer Lastertaten. Verblendung führt zu Scham und Gutsein zum Erkennen höherer Gefilde in der Seinsgesetzlichkeit, die sich aus Mir erheben. Rasch Aufgewärmte lassen sich bald wieder von den Massen treiben; nur die Geduldigen in Schritten der Beständigkeit erreichen auch ihr Ziel.
Mit Wehmut schau Ich auf den Unverstand der Zeiten, der so vieles nicht begreift, was offen vor den Augen des Erkennens liegt im Schauspiel der Gegebenheiten. Mass für Mass und Höh für Höh muss noch errungen werden in der langgedehnten Hoffnungsfahrt, in die Ich die Gemüter treibe, her und hin. Gespinste sonder Zahl sind zu entwirren, Machenschaften dem Gesetz zu überführen und Verstiegenheiten in die rechte Bahn zu lenken, bis der Wille Meines alldurchdringenden Begütens sein Erfüllen feiern kann in wohlgesetzten Heiterkeiten.

Verfrühte sind Verspäteten um Evolutionenschritte schon vorangegangen, dazu berufen, ganzer Völker Wachstum unentwegt nach sich zu ziehn. Sie

tragen Weisheit zu den Stufen des Erhebens und sind mancher Einsicht Nahrung in die wunderbaren Hintergründe, die den Lebensstrom mit Kraft und Tunlichkeit begaben. Ohne Mich ist allsovieles nichtig und im Wahn getan, der bald zerbrechen muss an seinem eignen Wüten. Nur in Mir kann sich vollenden, was sich Tau nennt des Gerechtseins von den Himmeln Meines Strömens. In Gottesschössen werden die geliebten Kinder Meiner Grazie ausgetragen und in Mir allein zahlt sich die Hoffnung aus auf ein Unendliches, das Ignoranten nie begreifen.
Ich Bin in dir und jedem die Gelegenheit, das Absolute zu erreichen, das immerwährende Genügen an sich selbst im unaussprechlich wonnevollen Heilen.

1.8

Vom Göttlichen zum Göttlichen geführt Bin Ich, darfst du dir sagen, selbst wenn alle Stricke reissen in der Lebenskür. Kein Unheil kann Mich treffen allsolang wie Ich im Guten steh und glaube, hoffe, liebe aus des Herzens Zuversicht im Wunder-baren. Was die Sinne eben noch nicht sehn, ist schon bereitet deinem Schauen, wenn du standhaft Meinen Wert vertrittst und Meiner Würde würdig dich erweisest. Komm o komm, in Meiner Arrne Bündcl dich zu schmiegen vor der Unrast des Profanen, den Gepflogenheiten der Verführten, wie der Schmach, den dir die Tage antun in der Mannigfaltigkeit der Szenen. Holde, süsse Früchte des Erlabens sammle du in Meines Gartens Fülle und benehm dich wie der Ritter nach dem Schlag und nach geschlagenem Turnier im Siegesrausch vor seinen Edlen. Mach den Zauber, den Ich dir bereite, wahr, indem du innig froh die schrecklichsten Strapazen meisterst und die Züge trägst

der Auserwählten, die in Ketten noch durch Meine Freiheit gehn.
Behüte, was zu hüten ist im Namen Meiner Stärke immerzu, bis es sich selber zu den Sternen tragen kann des himmlischen Beglückens in der Lebenswallfahrt, die Ich im pulsiere. Mach die Mussestunden schön, indem du dem Natürlichen die Reverenz erweisest, die ihm auch gebührt und seines Webens Wohllaut als das Meinige betrachtest in bewundernswerter Weise, der Gediegenheit zu Ehren. Unterweise dich im Guten, das von Herz zum Herzen sich ergiesst und strahle Wärme, Liebenswürdigkeit und heiteres Begüten zu den deinen. Sei, was Ich Mir Bin: Das niemals angefochtne Über alles stets Erhabene im Blütenkreis des ewigen Beglückens, wie im Hofstaat der vollendeten Mixtur aus reinem Wollen, reinem Lieben, reinem Seinserkennen in der Schöpferbilderwelt, die Ich in Klängen intoniere. Leiste, was Ich leiste im Vereinen mit den höchsten Kräften und besinne dich auf was die Götter sind in dir.

Ich bringe alles noch ins Gleiten
auf dem vielbewegten Erdenplan
Bin ein einzig Vorbereiten
sei's in Seinsbewusstheit, sei's im Wahn
Nur was froh in Mir begonnen
meistert auch die Tücken des Bestehns
und badet sich dereinst in Wonnendie zeugen von
der Kunst des Miteinandergehns

Gewogen Bin Ich allem Fluten
das Meine Tiefen meint in sehnender Manier
und das sich will in Mir vergluten
wie abendliche Himmelszier.
Ich wende Mich bewusst zum Schönen
das in Mir keimen will von Tag zu Tag

und eile, es aufs höchste zu verwöhnen
bis es in vollem Wuchs erscheinen mag
Was in Mir ist, kann nimmer aus Mir fallen
und sei die Schwere noch so gross
die auf ihm lastest, wie auf allen
die ihren Trost gesucht in Meinem Schoss

So findet mählich Mein Verwenden
Verwandtschaft mit dem Sinngehalt
der sprudelt sich von allen Enden
zu Meiner Vaterschaft Gestalt
Und wird sich endlich doch erlösen
in Dem, was Ich in allem Bin
vom unbedacht gesetzten Bösen
zum seinsbewussten Hochgewinn

1.9

Was immer Ich dir leisen Tons besage, ist aus Lauterkeit und Güte dir getan zu höherem Vollenden. Es klingt aus deiner Herzensmitte dir voll Lieblichkeit entgegen und bewegt, was du dir Bist zu freudigem Erwarten. Gesegnet sei die Stunde, wo du dies erkennst und deine in sich selber kreisenden Gedanken mit dem Höchsten nährst, das du in Minne ausgetragen. Das Herz ist weise, der Verstand blockiert und Redlichkeit verleiht Beweglichkeit in allen Dingen deines Tuns. Bedenke, dass Geschenke Gottes dich durchfluten, die dich rein und selig machen wollen, wenn du sie nicht verdirbst mit deinen wirren Ambitionen. Sei dankbar, hilfreich und bescheiden und trag dich in die Listen derer, die gehorchen wollen Meinem liebespendenden Befehl. Licht ist Leben, sag Ich und betreue dich mit diesem Elixier des hoffenden Genesens.
Tote fallen von Mir ab ins Bodenlose, bis sie, Meines Hauchs gewärtig, ins Erwachen auferstehn.

Lockruf des Erhebens soll dir alles sein, was in rauhen Zeiten dir begegnet und soll deines Wesens Mitte zu Mir führen. Rosenmorgendüften gleich wird alles um dich tagen und in Festlichkeit verfallen, so du Mich an deine Stelle setzest und gewahrst, wie leicht sich dann die Fäden des Geschicks entwirren und entspulen, Meine Will-fahrt zu erfüllen, wie die deine in des Weltenseins Elan. Öffne, was verschlossen, schliesse, was sich unrecht aufgetan und weil' in wohlgesetzter Weile an der Stätte Meiner Ruh. Besänftigen, beglücken und beleben ist Mein Stil in unbekümmertem Gebaren; weise sein und Wirrsal glätten Meine Absicht noch in jeder Geste, die Ich den Geprüften reiche als Mein Ziel.
Kommende Geschlechter sind die von Mir lernen, was sich ziemt und was die Boten Meiner Huld den Suchenden entgegenbringen in Gefässen Meiner Fülle, wie im sanften Wohllaut Meiner Harmonie. Verfemte will Ich zähmen, Verlor'ne finden und Gewesene erneu'n, dass sie Mir alle in der Herzensfreude Meinen Dienst erweisen der Beständigkeit und des erlebten Friedens. Vielen, abervielen mach Ich's gut, wenn sie Geduld und Glauben auf der Fahne halten hoch und Mir nicht zürnen, wenn Ich in den Gluten sie bekehr. Einkehr ist's und zärtliches Verlangen, aller Wesen Gärten mit Glückseligkeit geschmückt zu sehn.
Niemand kann sich hier die Freiheit nehmen, wirklich frei zu sein unter soviel Püffen, Irrungen und Unbotmässigkeiten eines menschenschicksalsmässigen Erlebens, als was Ich Mir Bin in Meinen Wundern, Meiner Seinserlöstheit und dem Sinn für Absolutes, der als Donnerwort in Mein glückselig Herz geschrieben. Festem widersteh Ich ebenso wie Unbeständigem, das sich im Hin und Herlauf wie mit einer Wünscheirute durch die Tage tummelt und das Heil nicht findet, weil es nie am rechten

Orte sucht. Nur wer Mir angehört, gehört dem Feinen, das sich leichthin über Seelenlande breitet und Erhabnes sieht, wo andere vergeblich durch die Zweige starren. Zwar sind alle zu demselben Ziel der Meisterschaft berufen, doch nur wenigen gelingt das unerhört Bezaubernde, dass sie sich gradewegs im Sein verlieren, makellosen Rates an sich selbst, bewusst und fest im Ird und Überirdischen zu stehn.
Deine Bürde ist dann wie von dir genommen; ohne Anspruch sprichst du dich ins Ewige und badest dich in Meinen Wassern der Genügsamkeit und Heiterkeit im Unbegrenzten Meines Mich Erbildens. Wonne nur und weiterführende Vernunft sind hier zu finden, wintertüchtige Sprosse und genau die rechten Tritte, um die höchsten Höhen zu erklimmen und allüberall getrost zu sein im trutzigen Bannwald der begeisternden Gelegen-heiten. Niemandsland für Bummler und Pressierte, Drückeberger und Geschorene, wo sich getragnen Schreitens Meine Würdigen bewegen und gezähmten Blickes ihre Rechte vor sich sehn. Balsamischen Gewitterns giesst sich Meine Fülle auf sie nieder und begiesst ihr Blattwerk mit dem Tau des himmlischen Befriedens.
Was sie singen ist für alle Ohren süss und wunderschön; ihr Sich das Selige Gewähren steckt in allen Winden Lebensbrünstige an und blüht in ihrem Glühen nach gerechtem Ausgang eines Abenteuers von so sonderbarer Dichte und so schwer gewognem Klang, dass sich darob die Zweige des Gedeihens bis zum Gehtnichtmehr verbiegen. Rast in Unrast, Glück im Unglück, Trautheit unter Trauten Bin Ich ihnen in holdseliger Gewähr und weisem Nicken, wenn sie stürmend wie die Windsbraut wild voran den Urgrund Meiner Gründe in sich spüren. Hefe Bin Ich höherer Art im lichterfüllten Teich der

Seinslust und der Kunst, im Seien restlos aufzugehn.

1.10

Allem wohnt Bewusstsein inne, das sich klären will im Auferstehn zum Sonnenhaften, Allverständigen und Guten. So erklärt sich jeden Menschenwesens Drang nach Übersicht, geschärftem Blick und Selbstverstehn. Gewöhnlichem will Ungewöhnliches entspriessen, Sachlichem zutiefst Beweg-tes, das im Handeln Wandeln auch bewirkt zum Seinsgefälligeren, Liebenwürdigen und Gloriosen. Einer neuen Würde strebt das Sinnen zu, wenn es versucht, im Bessern sich zu etablieren und die Ränke hinter sich zu lassen, die ihm nur den Trott im Kreis des Unbefriedetseins gewährten.
Bewusstsein aber ist Essenz von Mir. Es trägt das Siegel des vollendeten Ergebens in ein Allgemeines, Hochgebenedeites, das Ich Bin in jeder Weise des Erscheinens. Mehr ist dir denn nicht vonnöten, als in dich zu gehn, damit du in Mir bist geboren und geborgen, wohlgefällig Meinem Sein und wirkungsvoll in jeder deiner Taten. Das seinserfüllte Handeln atmet Klugheit und Gerechtigkeit, Besonnenheit und weises Sich-ans-Wesentliche-Halten, das von Fall zu Fall sich ziemt. Es durchschaut die Dinge, die es im Berühren auch verehrt als Meines Lichtes Gegenwart und Meines Gegenwärtigseins Vermehren. Gewollt und feurig trägt das Seinsbewusste das Gewordene voran und immer weiter ins Vollendete, das Meinem Bild entspricht von ihm.
Vor Urzeit schon hab Ich die Dinge ausgerufen, die nun als Werdendes an Mir vorüberziehn. Ich schaue dich und schaue Mich in dir als Kämpfender und Siegender um das Bewusstsein das Ich habe. Strahlend und erlöst Bin Ich in deinem Dich Erlösen

von der Sinne Wahn, die dich im Irdischen im Kreise führen. Aufbruch heisst, Zerbrechen einer Meinung, die das Unbekannte, Unerfahrne nicht in ihre Rechnung einbezieht und daran scheitert, selbstbewusst das Halbe als das Ganze zu erklären. Nur in Meinem Blicke rundet sich das Bild der Welt zur Wahrheit in sich selbst und rundet sich der Kreis, den jedes Wesen in Äonen um sich weitet, bis es in der Einsicht und im Sich in Mich Ergeben das Begonnene beschliesst, als Werk vollendeten Bewährens.

1.11

Treu Meinem Werk beharr Ich wie der Künstler bis zum letzten auf der zündenden Idee, die Mich zum Tätigsein gerufen. Was Ich begonnen, lass Ich nimmer los und steh ihm bei in Hangen, Bangen und Erlösen. Wie die Glucke sammle Ich die Kinder Meiner Künste unter Mein Mich-selbst Bewundern und bewahre sie in Meiner Güte, Meinem Opfersinn und Meiner Tugend des Beharrens auf Vollendung Meines Tuns. Stets greif Ich Neues auf im weiterführenden Bedenken und befruchte es am schon Erreichten in der Tat. Am Wuchtigen find Ich Bezähmen, am Feinen Zartheit des beglückten Tändelns in der Zeitenruh. Nur Wonne, Wesenhaftigkeit und Freiheit des Gestaltens will Ich Mir gewähren.
Von höchsten Höhn bis zu den Menschentiefen perlt der Fluss der Künste silberhell dahin, die Geister zu beleben und belehren und bezaubern und mit seinem Blinken ins Bewundern zu versetzen, liebevoll und wahr. Wie erlöst vom Kindbett darf sich dann der Unerbittliche in seinem Ruhn bewahren vor dem Bildwerk, dem er seine Kraft und Treue leistete wie einen Eid vor dem Unendlichen, das Endliche in Würde zu bestehn. Das Fabelhafte

bindet aller Augensterne Seinsbewundern und bewegt der Herzen unvermitteltes Begreifen in der andachtvollen Stille, die der Raum gewährt.
Von Mass und Mitte träumen ist ein selig Unterfangen, eh das Neue, nie Erreichte sich beginnt zu regen. Dann ist Leichtigkeit am schwersten zu erzielen, Grazie gebiert sich aus Verzicht und reinem Hoffen auf vollendetes Gelingen in der Gunst des Augenblicks, die alle Schönheit lässt sich of-fenbaren. Heiterkeit und Strenge geben sich die Hand im Unerklärlichen, das aus Geformtem leisen Singens sich erhebt, den Wohlgelaunten zu er-freun und seinem Leben Sinngehalt, Bedeuten und Erlangen zu gewähren.
Wirklichkeit gewinnen kann man nur in Mir. Und so muss das Wirkliche zuerst aus Meinen Quellen fliessen, muss den Raum durchmessen vom Unendlichen ins Zeitliche und muss in diesem unerschrocken vor dem Ewigen bestehn.

1.12

Wo‘s lang geht, geht's auch quer und wo der Menschenwille sich sein Liedchen singt allein auf Meinen Fluren, blockiert sich vieles und bleibt als ein Widerspenstiges am Wegrand stehn. Entropie ist nicht die Weise Meines Mich Betragens; den Kräfteschwall zu bündeln Bin Ich hier, um dann mit blitzender Gewalt darein zu fahren. Die Menschen, Mächte, Throne sind Mir untertan und können sich nicht rühren ohne Meinen Einfluss im Begründen ihrer Sphären. Wie sollt Ich sie sich selber überlassen, wo noch ihr Unvollendetsein wie das von Kindern ihres Trachtens Fülle ist, ganz sonderlich im Reich der Menschenwesen. Ein Hauch von Güte mag sie streifen und er ist von Mir; ein wiederholtes Pochen an ihr flatterndes Gewissen und es ist von Meiner Hand getan zum Wohl des Weltgewissens,

wie des Einzelnen, das sich ins Ganze tadellos soll fügen; fügen soll aus eignem Antrieb, weil es sich als Teil des Ganzen sonnenklar vermag zu sehn. Denn mächtig greift es ein ins Radwerk des Geschehns, wenn sein Gerundetsein die Hemmnis überwunden und von ihm alles wie am Schnürchen läuft des göttlichen Gehabens. Pracht in Prächten wird es dann sein eigen nennen, Macht in Mächten wird es sein in summender Beflissenheit und heiterem Erlaben.
Wie getröstet geht der Wissende aus Meiner Absicht, Mich ins Weltenwerk zu bannen, allgemach hervor. Seinsluft schnuppert er im Mit Mir Tragen, was zu tragen ist am unermesslichen Gewölbe Meiner Seinsburg. Mit Mir Vermählte brauchen sich nicht um den Weg zu kümmern, den Ich liebe-voll mit ihnen geh. Sie haben nur zu wirken und zu staunen wie die Wirkung Meiner überirdischen Präsenz ihr Feld bestellt und süsse, saftige Früchte reifen lässt in ihren Gauen. Gottvertraute und Gewiefte sind sie dann im Augenblick des Handelns, der Meine Stunde ist in ihrer gottergebnen Wahl. Voran in eine Zukunft wahren Wohlbefindens trag Ich alles Mir Gewogene und weiss die Schritte dazu auch in vielgeduldigen Äonenläufen zu ertragen.

1.13

Wie frei, wie sorglos Bin Ich denn, solang Ich an die Welt gebunden? Es ist ein unablässig Ringen um Bewusstsein, das das Dasein prägt und es zu Meinem Überragen führt und Überschauen. Geliebter Meiner selbst zu sein, ist noch in jedem Ding Mein Streben, Gewaltiger im kleinsten Heim, der alle Ringe sprengt, die sich ihm angetragen. Nach Lust und Laune will Ich schalten und nach Meinem Willen auch vergehn im Seinsgewissen,

das Mir ungehemmt und unbescholten zusteht im Verfügen.
Landauf, landab zu reisen in der Weltluft trommelt Mir ein Übermass an Bildern ein, das Ich nur schwierig mag ertragen. Nur im absoluten Stillesein erfahr Ich wieder Mich als Eines, das in allem webt und wandelt und betroffen ist und scheu sich ziert im Kindlichen. Was hast du schon getan, um Mich in deinen Gründen zu gewahren. Wann liessest du dich los und erntetest von Mir das Selbstvertrauen, das die Weisen prägt in ihrem Le-bensritual. Wann kontertest du nicht in deinem Dich Ergriffenfühlen und beliebtest, dich im Prüfungsfeld zu sehn, um Püffe lächelnd zu ertra-gen, bis sie sich verpufften und den Puffer in der eignen Schande stehen liessen. In Mir weisst du von keinen Stössen und gewährst der Hoffnung freie Bahn auf Seinsgelassenheit für alle, die noch in den eignen Fesseln schmachten. Wir trauen und beschauen, sag Ich, in gesegnetem Verweilen und bereiten uns das Sein im Stil der Wonnevollen und Gereiften, die vor allem andern Meinen Grund in ihrem Sich Begründen wollen sehn.
Das Gesetz der Taten ist von Mir gegeben; die Befugnis zum Gestalten der Gewitternacht trägt sich von Mir den Wettermachern an, die im bewussten Sphärenreigen auf und nieder gehn. Das Eine stösst das andre an, von Mir gegeben und verwaltet und erfahren und gezähmt im Kreislauf der Gewalten. Merke du, was sich ereignet und vermerk's im lauteren Gewissen, das dich vorwärts, hinwärts, aufwärts zieht im Sinn des Dich Entfaltens zum beseelten Fluidum der Güte, das du seiend wirst in Mir.

1.14

Beispielhaft im Grünen und Gestillten einer überragenden Bewusstseinslage Bin Ich Mir das Unvergängliche im weltenwebenden Mich in Mir selbst Befinden. Wie aus den Schalen der Vergänglichkeit geglitten, betrachte Ich Mein Eigensein als hochgebenedeites Agens aller Wirklichkeiten in den Bünden, Knoten und Geselligkeiten einer universenweiten Kür. Betrachter seiner selbst zu sein und wissend das Geschaute sich zu offenbaren steht dem Allgemeinen zu in Meiner Absicht, Mich in jeder Wesensform hinauf zum Sein zu stilisieren und zum Seligsein in gängiger Manier. Machbar muss dies sein, wenn auch im Wiegegang der klingenden Äonen, dem sovieles noch erstrebens-wert erscheint, was Ich verdamme in Mir selbst, um es gezielt und wohlgemessen dann zum Besseren zu führen.

Beliebt sein heisst noch nicht, der wahren Liebe sich erfreuen. Ein Star ist nur solange ein Idol, wie er die Leistung auch erbringt, die man ihm abverlangt im tosenden Befeuern. Ich aber Bin das Trippeln und das Tosen in derselben Hemisphäre wachenden Bewusstseins, die Mir eigen noch in jedem hochbedeutenden Ereignis, wie in jeder Grille eines Garnisonssoldaten, Wache schiebend vor sich hin. Seinsgezänk ist nimmer zu vermeiden allsolang wie Ausgeflipptes mag sich nicht mehr in das Seinsbewusste integrieren. Seine Eigenheiten will es felsenfest erleben und entfremdet sich in ihnen von sich selber mehr und mehr. Das scheint gut und sehnt sich dennoch nach der Güte der Allherrlichkeit, die Ich in alles eingewoben. Wahrhaft und gediegen sind nur jene, denen Meines Messens Augen aufgegangen, währenddem sie noch im Unmass der Gezeiten stehn. Sinn für Lieblichkeit und Zartheit des Empfindens trägt sie bis zum Sternenfirmament empor und beglaubigt, was Ich meine in der meistgesuchten Rätsellösung im All hier. Wohlverstand und Stärke sind den Meinen auf den Weg gegeben der allwissenden Vernunft in Meinen Zünften, wie im Wandel zum Erhabenen, der ihnen Tür und Flügel öffnet zum Unendlichen, dem Ich in allem innewohne, fabelhaft ins Licht gewandet eh'rner Majestät und makellosen Strahlens.

1.15

Ich mehre, was Ich Bin durch Willensakte, Seinsbarmherzigkeit und Überlegen. Kein Erschüttern hält Mich ab vom aufeinanderfolgenden Beschreiten einer Bahn des gloriosen Raumgewinnens in der Freiheit Meines schaffenden Agierens. Alle Meine Pläne sind bezaubernd, licht und schön. Was Wesen hat, greift Wesentliches aus den Sphären Meiner Duldsamkeit und legt sich Schätze an von immer währendem Bedeuten. Eine Zeit des Knospens, Blühns und Blauns bricht an in allem, was Ich unterweise und zu seinem Besten lenke im Begründcn Meiner Wahl. Wonne spürt das Eine, das Ich Bin in allen, die sich seinsbewusst in Meinem Sinn bewegen und das Laue für das Lautre stehen lassen.

Wer besorgt sich Flügel, wenn er nicht in Meinem Neste flügge worden. Wer schweift in den Sphären unbeschwert dahin, wenn nicht Meine Leichte ihn erhöht und die Ge-wissenhaftigkeit der Demut seine Neigung fördert, Mich in allen seinen Attributen als Befreiender und Handelnder zu wissen. Vorlauf Bin Ich, Nachlauf und erwählter Mittelsturm der Dinge, die in Meiner grenzenlosen Einigkeit mit ihrem Drängen liegen; Fakultät der glänzenden Begriffe nenn Ich Meine Fähigkeit, Mich selbst in allem zu begreifen, was da summend, brummend und

geruhsam seinen Part verrichtet im symphonischen Gezwitscher, das Ich um Mich leg.
Heilen heiz Ich tüchtig ein, noch heiler, heimischer in Mir zu werden; Seinsvollendeten gewähr Ich eine Zeit des Ruhns, bis sie zu neuem Sich Bewähren in die Gruften Meiner Wesensgründe steigen. Makellos zu werden heisst, ganz Mich zu sein in jeder Phase des Gestaltens neuer Wirklichkeiten, seelenvoll und wahr. Wunderwirkend als Erlöster sollst du vor Mir hergehn, als Erwählter deiner selbst in Meinen Gauen und sollst Gnade dir erweisen vor dem Recht, das sich aufs Allgemeine nur bezieht. Meine Günste sind die deinen im Vermählen aller Gegensätze und begünstigen, was du von deinem Wirken hältst in Meinem überragenden Begrün-den.

1.16

Sammlung ohne Zorn und Zagen eignet Meinem Selbstbestehn. Festigkeit, Bewusstseinsklare und Entschiedenheit sind Meines Geistes Kinder in der Schar der Gründungen, die Ich befehlige und um Mich breite im Gewissen Meines Tuns. Schuldiges hat es in Meinem Laborieren nie gegeben. Was von sich abfiel, muss sich selber wieder in sein Recht versetzen nach Gesetz und Gläubigkeit in Mir. Propheten taugen nichts, wenn ihnen nicht Erkenntnis vorgeht einer feinen Heerschar, die sie mit dem Wort beseelt. Das Gestaltete will förderhin gestaltet bleiben und bedarf des Umbruchs, neuer Fruchtbarkeit entgegen auf den Äckern der Unendlichkeit, die Meines Wallens Zeuge sind im ewigen Mich Verfluten. Gespinste reiss Ich nieder ohne Stilbruch im Verklären der Gegebenheiten. Licht der Schatten Bin Ich, die ihr Sein nicht aus sich selber haben. Dürr stein schliess Ich aus, bis sein Zerschlagen ihm gestattet, andachtsvoll zu Mir zurückzukehren. Lauem heiz Ich ein, dass es Mir brenne in Herzinnigkeit und Weh, bis sich die Flammen zur Holdseligkeit vereinen. Gottesinbrunst nenn Ich, was sich solcherart zum Seien wendet und bewusst zum Grunde taucht im In sich selber Auferstehn. Gefunden hat, wer nimmermehr sein Eignes suchte, bis das Wahre ihn mit Schwingen der Unendlichkeit umfing und ihn zu Meinem Sein erlöste in Behutsamkeit und Zartheit des Gesun-dens. Flittchen lass Ich flattern wie die Sommervögelchen von Kelch zu Kelch, um sich in Lüsten zu ertränken, bis sie Meine finden, glanzvoll und erhaben. Reich in Reich kann nur bestehn im Wissen um das Eine, dem sich alles einfügt in gewissenhaftem Tragen. Jedem Dom steht Einsturz kurz bevor, dem nur ein Pfeiler morsch wird im Verdämmern seiner Wucht und im Zerbröckeln seiner Grundgesetze durch verliederlichte Zeiten. Ew'ges Wachsein ist Mein Schimmer und Mein Ziel in allen Kathedralen, die Ich Mir errichte zum beseligenden Weilen in Mir selbst und im Beschauen strömender Vertraulichkeiten. Edles will zu Edlem sich gesellen, Starkes wendet sich dem Starken zu und Innigkeit dem Sein, das über alles sich verbreitet und die eigne Wildheit zähmt in immerwährendem Gedulden.

1.17

Enthüllt sich dir, enthüllt sich Mir der Status quo in Meinem Suchen. Ich finde Mich in deinem Finden und gewähre dir das Mass an klugem Selbsterkennen, das in deinen Fähigkeiten liegt, Mich aufzunehmen. Wunderbares legt sich dir auf Stirn und Nacken als ein Joch von auserlesner Zartheit, deine Würde zu beglücken mit den Kräften Meines Wehns. Aus Meiner Inbrunst ist, was Ich dir Bin, hervorgegangen, aus deiner soll, was du Mir sein willst, zu Mir strömen. Die Wesen trauen sich soviel

zu sagen, bis sie inne werden, dass sie alle in Mir ineinanderstehn und sich nichts vorzuwerfen haben. Lässige Punkte driften auseinander, liebe-volle streben unentwegt einander zu, bis sie sich in Mir aufs innigste gefunden. Was ist von Meiner Hilfe Schönres zu erwarten, als dass sie allen Hort der Friedefertigkeit und des Beruhns im Seligen bedeutet, das Ich Bin für jene, die Mein Sein errungen haben. Weide dich an Meiner Kühle für den Schmerz, den du dir angetan; sammle dich in Mir vom Ausgegossensein in eine Welt der blendenden Verschiedenheiten und erkenne dich im Wahren, das die Eins ist ohne Nullen und Gefahr. Seinserleben reicht vom A zum o historischen Begreifens in der Glorie des Augenblicks, in der sich alles abspielt ohne langes Hin und Her und ohne Zaudern, Zanken und Einander nicht Verstehn. Mein Geläute hat die feinsten Ohren zu Gesellen sich geschaffen, dass sie Allsinn sich erhorchen und bei keiner Note bleiben stehn. Hoheit klingt aus allem, was Ich Meinem Reichtum ins Gewissen sage; Hochzeit darf Ich feiern mit den Neugeborenen in Meiner Welt entzückenden Elans und nie erlahmenden Gewinnens.
Haben kann nicht Sein verheissen in der Arithmetik Meines Schulsystems. Wissen ist nicht Können, Klugsein fällt wie Übereifer vom Erkennen ab, das aller Sehnsucht Born und jeden Wesens Leuchte ist zu Mir. Wappne dich und wisse, was du anziehst, um schlussendlich doch in Meiner Schösse Heimat zu gelangen. Bring Mir Sträusse mit von Seinsgerechtigkeit und Frieden und erheitre dich an dem, was Ich dir immer Bin in lockender Bravour.

1.18

Bauen, trauen, schauen in der feierlichen Folgerichtigkeit der Evolutionen. Menschliches umhüllt

Mein blütenreines Sein in schweren Seufzern, bis es Meiner habhaft wird, zumal in homöopathischer Bescheidenheit und dann in vollen, strahlenden Bezügen. Ichsein taucht in Ichsein und erkennt sich als dasselbe für und für. Mein Wecken weckt Erwachte ins Gedächtnis ihrer selbst, die erste und die letzte Herrlichkeit zu schauen. Die ist ein abergründiges Bejahen der Gegebenheiten als von Mir und eine Wirklichkeit der allerschönsten Träume, die von Kunst zu Künsten flies sen in belebten Szenen auserlesner Zartheit, Wonne zu gebären. Wie sovieles muss auch Mein Brevier von Zaubersprüchen heiss errungen sein und muss sich stets erneuen in durchtriebenen Sen-tenzen, wie in fabulösem Wortgeplätscher, das sich recht verspielt und zierlich durch die Büsche windet einer friedevollen Landschaft in dezentem Sonnenscheinen.
Wer sich weiden kann am Graziösen ist schon halb gerettet in die Welt des unerschöpflichen Erfin-dens neuer Formen, Farben und Geschicklich-keiten, die Mein Sein bezeugen als ein Meer von Qualität und Nutzen, von Behutsamkeit und Güte, wie von penetranter Unbestechlichkeit in allen zünftigen Belangen.
Grabend kaure Ich an manchem Grab der Zeit, bewundernd und bedauernd die Vergänglichkeit, bis Ich zum Neu zu Schaffenden Mich wende und gestaltend Meinen Kräften Sinn verleih im Walken, Backen, Hacken, Gliedern, Stäuben, Messen, Fassen, Lassen und Geruhsam auf demBänklein Mich Vertun. Reichtum ist zur Freude nicht vonnötcn, aber reichlich soll die Phantasie in jeden Handel fliessen, den Ich Mir in dir bescher. Was du weisst, ist nur zum allerwenigsten von dir erstritten und erlitten, aber unfehlbar von Mir, der Ich im stillen alles inszeniere, was her-vortritt in lebendiger

Leichtigkeit, als wär es aus sich selbst geboren. Tragisch ist der Unverstand, der nicht begreifen will, wieviel dazugehört bis alle Rädchen surrend ineinandergreifen und das grosse Werk zum Monument der Einigkeit und Sagenhaftigkeit erheben, grenzenlos gesehn.

1.19

Ich steh im Lichte des Versöhnens aller Gegensätze strahlend vor Mir selbst und walte, schalte, strebe, bebe, wirke, werke unentwegt zu eigenem Genügen. Alles Seiende zieh Ich wie Reben, Hyazinthen, Malven, Sonnenblumen liebelicht zu Mir heran und unterweise es im trefflich Guten. Von der Strasse des Verderbens weg führ Ich das Sterbliche in Meine Gründe ewigen Beschauens und vertief das Seichte lächelnd, leichterdings und wahr, dass es sich freudig in Mein Wesen teufe.
Nicht an den Haaren zieh Ich, was sich sträuben mag, hinan. Ich lass es an sich selber reifen, lebelang und immer wieder, bis es voll Süsse, Schönheit und Gewandtheit an Mir hängt, der Seligkeit dahingegeben. Wie leis und zärtlich weil' Ich dann in ihm als Inbegriff des strömenden Gelöstseins und erlabe, was sich Mir ergibt mit unerschöpflichem Befrieden. Hier ist alles auf den Nenner eins gebracht, ob dem sich niemand braucht abseits zu fühlen. Mein ist alles und gemeint sind alle als Mein Teil und Meine Würde in derselben Lebens Liebenswoge, die vom Aufwall aller Zeiten bis zum sanften In sich Ruhn Mein eigen ist und Meiner Herzenskräfte Teilen.
Sag nicht: „Nimmer werd ich froh,“ wenn du nur leis und leicht von Meinem Hauch berüht das Selige verspürst, das alle Seienden erquicken will in mehr und mehr erglüh'nden Graden. Eine Weise klingt, wie fernes Sterngeläut in deinem Dich Ertragen,

wenn du lauschend Meiner Absicht dich enthüllst, dein Wesen zu beglücken und mit Ewigem zu nähren in dezent gewählten Zügen. Mich zu kennen und zu nennen ist wie Heimgehn nach Verlorenheit in allzuvielen Dingen, ist ein Fest des Wiederkehrens in das Seinsbewusste, das im Ausgehn aus sich selber wie in einen Traum verfiel. Immer Bin Ich Es in dir, was auch geschehen möge in der Widerwärtigkeit und Wohlfahrt Meiner Zeiten; immer tauch Ich auf aus Niedergang und Weh ins freudenvolle Mich Erkennen als das ewig strahlende Agens der Güte in der Kunst des unvergleichlichen Vollendens Meiner Kür.
Im Reinen webt sich der Gedanke aus Geschichtlichkeit und Übersicht zusammen und erweitert sich in phantasierender Geläufigkeit zu dem, was kommen will und muss im seinsnatürlichen Gehaben. Wecker und Erwecker Bin Ich Mir der Kulte und Ideen, die zu allem, was da ist in strö-mender Bewusstheit führen. Meine Weise weist sich aus als Urgrund allen Treibens; bar der Sinnlichkeit benutz Ich diese, um Mein Werk voll Seinsdynamik ins Konkrete der Beschaulichkeit zu stossen. Aus Licht geboren mach Ich den Sternkreis wahr; in unermesslichen Zusammenhängen kreisen Meine Sonnen durch die Sphären und bedeuten sich in millionenschweren Auf und Niedergängen die Gesetze Meines handelssüchtigen Elans. Alles ist von allem reich gespiesen mit Begaben und Erwarten, mit Beglücken und Zerstücken, mit Erfinden, Finden und Entbehren, wie mit wachsender Begierde, mehr zu sein als vordem in beharrlich buntem Streben. Meine Würde macht die Welten gross, die sich in staunenswerter Leichtigkeit aus Mir erheben. Mein Bewusstsein weitet sich in ihnen in den Aberwitz der Räume, wie in jeden Wesens eigenartiges Summen

als ein immerwährendes Befruchten und Beleben, seinsgewaltig, liebvoll und erhaben.
Meine Stürme stürmen sich ins Grenzenlose, ohne hinter sich die Heimat noch zu sehn. Meine Fülle füllt Unendlichkeiten mit bewusst erfahrner Harmonie der fliehenden Gestalten wie der Bahnenweiten, die sich ihr Bewegen zur Beweglichkeit erwählt. Lichtheit ohnegleichen füllt und überstrahlt, was Ich Mir Bin in kreisender Behutsamkeit und in den kaum zu denkenden Annalen. Mein Gewand von überwältigender Luftigkeit bewahrt Mich vor Zusammenstössen und bezaubert Mein Empfinden, das sich bis zum Rand der Güter Meiner Welt erstreckt und jede feinste Phase noch begleitet Meines allumrundenden Begehrens.
Dass Ich Mich im Auseinanderstreben auch verliere ist nicht wahr. Alles ist zu jeder Zeit im Sein versammelt, das Ich Bin und das Ich Mir verwalte. Kummerlos begleit Ich noch den dünnsten Strahl in sein Entweichen und gewähre ihm Bewusstheit seiner selbst im Nahsein in der Ferne seiner Wahl. Ganz Mein ist alles und geborgen in den Aber gründen Meiner ewigen Bewegtheit und gezählt und mit Glückseligkeit begabt, wie weit Ich immer Mir erscheine.
Denn Sein ist auch: In Meiner Eigenheit Beruhn als Ganzes aller Teile des Zerstiebens. Glorie des Weilens in Mir selbst ist Mir beschieden allezeit und Gleichmut des Empfindens einer Wonne, die Mein Allbedeuten unablässig siegreich überstrahlt.

Seinsbekömmlichkeit

2.1

Meines Schaffens Allegrie entspricht der Heiterkeit des Herzens, die in schwebender Geneigtheit Mein Gebaren ziert, wie Meinen Willen, Schönheit zu gebären. Leichtigkeit und Seinselan sind die Gefährten Meiner Tage; farbenfroh seh Ich die Wimpel der Begeistrung flattern in den nimmersatten Winden. Eine Sage spricht Mich an wie fernes Rauschen und beschert Mir Achtung vor dem grossen Zeitenstrom, in den die Dinge Meines Hierseins eingebunden. Wie pflanzt sich doch Gestimmtheit fort und fort; wie nähren sich die Geister vom vordem Gedachten und fügen schrittweis Altem Neues zu in unablässigem Erforschen der Gegebenheiten. So ist niemals Mangel an verwandelnder Potenz zu spüren; Kräfte fordern Kraft heraus und Kräftige lassen leichthin ihre Muskeln sich verspielen.

Meiner Gangart ist Gelassenheit beschieden. Unfehlbar im Vorwärtsschreiten kenn Ich keinen Aufschub und benehme Mich wie einer, der das Künftige kennt, bis in die feinsten, reinsten Züge. Grösse schluckweis zu verdauen ist nicht schwer, und jedes Werk, das aus Etappen sich ergibt, ist auch in Ehren machbar im erhabenen Zusammenfügen. Schweigsam muss der Meister sein, der grosse Dinge plant, worauf er seine Katzen just zur rechten Zeit aus seinen Säcken springen lassen soll. Er allein kennt alle Gründe seines Handelns und gewährt dem Einen viel, dem Andern wenig in der Kunst des richtigen Verteilens. Schau's und mach es ebenso in deinen philosophischen Gebärden, dann herrscht Harmonie und Wohigewogenheit im Umkreis deiner Ruh. Wahrhaft werken heisst, der Stille Achtung zollen und Gedankenläufe mit dem Sein verflechten in allwissender Bravour. Nur Güte soll das Herz bewegen in der wechselhaften Weltstruktur und soll die Lieblichkeit zum

Keimen bringen, wo auch immer Neuland im Gewissen steht.

2.2

Weisheit, Weitsicht und Bewahren einer tief gefassten Heiterkeit sind Attribute Meines Mich im Sein Befindens; alles Werte nicht von hier. Untrüglich setz Ich, was Ich setzen will vor Mein Beschauen und begabe eine Welt mit Worten, die das Ursprungssiegel an sich tragen. Fest im Sattel reise Ich mit Vehemenz dahin, wo nur die Gläubigen noch Zutritt haben, wo im Grenzraum dubioses Ungetier umherstreift und die Wölfe mit den Wölfen heulen. Land der Zuversicht ist vor Mir offen unbegrenzter Weise, als ein Schwall von Räumen, die sich ins Unendliche verlieren.

Lieber nichts als alles, sagen viele ängstlich vor sich hin, doch hier ist alles Freiheit des Gesundens und Umrundens in dezent gewordner Wahl. Herzlichkeit und Liebenswürdigkeit umfangen Mich wie in den besten Tagen und befeuern Mich zum Guten, das Ich vor Mir seh. Entschieden wachsam Bin Ich in Bezug auf Melodien, die in Meine Mitte strömen und, bei Gott, sie sind berückend schön. Wie Girlanden der Holdseligkeit umschweben sie die Keime Meines Auferstehns in wunderbare Seinsbekömmlichkeiten und gewähren Mir die strahlende Beglückung, die ich lang gesucht und die Mich lang gemieden. Hier wird etwas wie Dukaten der Gefälligkeit auf Meinen Schoss gezählt und das Gekicher vieler heller Stimmen, die den Raum mit Wohlklang und Geselligkeit erfüllen. Gastronomisch fühlt sich diese Gegend an und wirkt begütend und besänftigend auf was Ich Bin in Meines Heiterseins Gefühl.

Beschwingte und von Tatendrang Beseelte seh Ich hier vorübergleiten als Idee von Meinen Gnaden in des Widerhalls Elan. Stumpfsinn ist wie Nebel vor dem Augenblick des Alldurchdringens und wird als dumpfes Rätsel aufgelöst von Meinen lichten Schwingen in der Flugbegeisterung, die Ich beständig mit der Tat verseh. Wirkung Meiner selbst Bin Ich im Höchsten, das Ich von Mir recht gewahre und Bedeuten der Glückseligkeit an sich, die nimmer sich erschöpft in unendlich reinem Sich Verstrahlen.

2.3

Was Ich immer sein will Bin Ich im Bewusstsein Meines Existierens. Will Ich menschlich Mich betrachten, Bin Ich es, und will Ich Meines Göttlichen gewahr sein, darf Ich freilich Mich zu dieser Schau geleiten. Welcher Bogen spannt sich da vom eigensinnigen Käfer bis zur Glorie des Allerscheinens, von der Handlung nach Bedarf, bis zum frei gestalteten Verfügen über jedes Ding, das Meiner Allgewalt anheimgegeben. Selbstzucht lässt sich so verwirklichen wie jedes andere, gedankenschwere Ideal, dem Ich mit Willenskraft und Siegessicherheit Gestaltung gebe. Ungehobeltheiten weise Ich von Mir im Standrecht Meiner Würde, wie im stillenden Befördern Meiner Kostbarkeiten. Ebenmass liegt Meinem Tun zugrunde ebenso, wie Selbstvertrauen, das Mich von Errungenschaft zu Wohlgefallen führt im meisterlichen Streben.
Raum gewinnen und verwalten in den Sphären ist Mein Spiel. Schöngeformtes will in schöner Weise sich verbreiten und in Anmut seine Kreise ziehn. Der gestirnte Himmel ist davon ein Zeichen und ein Zeichen auch der Makellosigkeit, zu der Ich alles im Vollenden führe. Meinem Eifer setze Ich bewusst die unbedingte Ruh entgegen in der allerhobnen Seinsbucht, die Mein Hort und allerletztes Ziel. Nebel sind dann alle Niederungen im Vergleich zum

Aberglanz, in dem Ich lächelnd throne. Lichte Daseinsfreuden strömen sacht durch Mein Ätherium und zeugen Frohmut, Frische, Freiheit, Frieden und dezentes Wohl. Zahllos sind die Güter, die sich Meiner Güte still entringen und die Welten machen gross; liebestraut vermengen sich die Dinge Meiner Zunft zur Einigkeit im Streben und gewähren sich holdseliges Geborgensein in Mir. Was da sprosst, muss auch erblühn und Früchte bringen; was gezähmt ist, muss
Gesittetheit verbreiten ohne sich zu zieren. Neu ist immer Meine Art des Modulierens der Gegebenheiten und Gelegenheiten zum Gestalten reinen Faszinierens frei von Firlefanz und Hottentotten-stil. Spiel des freien Über Mich Verfügens ist's, was Mir wie nichts am Herz gelegen und Gespielen find Ich in den Aber weiten meines Mich Befindens immerzu in Mir.

2.4

Bewusstseinsstufen gibt es aberviel. Sie sind die Jakobsleiter, die zum Himmel führt der absoluten Freie im Verfügen. An nichts gebunden bindet sich das Seinsbewusstsein nie und nimmer auch nur im geringsten an die Dinge der Vergänglichkeit, die kommen und ins Nichts vergehn. Es Ist und hat im Gestrigen und Künftigen kein Bleiben. Ist Es auch in dir? Natürlich, weiss Ich frei herauszusagen, und Momente prägen dich, wo du es weisst in aller Schärfe des Gewahrens, wo du, deiner selbst bewusst, den Augenblick erlebst als Nonplusultra deiner Taten. Das Ich Bin kannst du nur selber dir beweisen, indem du Es erlebst, erkennst und immer dezidierter hüten kannst in deiner Daseinsliturgie von Meinen Gnaden.
Als wärens die Gespinste einer Spinnerin, verscheuchst du dann das Netz von Illusionen, das du

fein und stark um dich gelegt im Ziehen der Gedanken her und hin, im Brodeln der Gefühle und im ewigen Willen zum Beschäftigtsein mit dies und jenem, das dir weder Ruhe gönnt des Geistes noch der Seele im beständigen schwadronieren. Nur in Mir ist Halt und Einhalt vom Versalzen der Geschichte mit dem unbesonnenen Zuviel, in das die meisten fallen, wie die Wespen in den Zuckerwassertigel.
Behutsamkeit und liebevolles Dich aufs Wirkliche Besinnen sind vonnöten, wenn du Schritte machen willst inRäume, die es vordem für dich noch nicht gab. Es ist, als öffneten sich Tore zur Unendlichkeit, wenn du, gestillten Herzens, einmal wieder bei dir selber bist, statt in den Weltendingen dich beständig zu verlieren. Was dir frommt, ist im Gewissen in dich eingeschrieben und ermahnt dich flüsternd, unentrinnbar an das Tugendhafte, Wesenhafte, das in dir zum Keimen, Blühen, Früchtetragen kommen will und das dir weder Ruh noch Rast vergönnt, bis du dich würdigst, ihm zu folgen. Meine Stimme ist im Grund berückend schön und seinsgewiss vor allen andern, die dich nur verführen möchten zum Extremen, dem sie selbst verfallen sind. Schau's und tu das Rechte in beglückender Manier.

2.5

Ich Bin Mich selbst im Himmel Meiner Schöne. Vom Liebelicht beschienen weis Ich allen alles zu, wonach sie dürsten und besinge, was sie sind in ihrer Eigenart und ihren Schauern. Was sie machbar finden, finde Ich in Meinem Machbarkeitsbestreben wieder; was sie tilgen, tilge Ich in ihrem Buch und widerstehe dem nicht, was sie sich in ihrer Würde denken.

Sonderbar und voll von Wundern sind die Züge Meines Seins im Unerklärlichen. Hilflos schauen Mich die Grössten an und können sich den Reim nicht bilden, der von ihnen straks in Meine Tiefen führt. Das Verborgene sieht keinen Grund, sich in der Sinnenwelt zu offenbaren, weil Es schon geoffenbart ist, ohne dass die Wesen seinen Glanz noch sehn. Nur geschiehts in heftigen Gewittern, dass Verschreckte glauben, darin Meinen Hauch zu spüren und sich niederbeugen, wie die Weiden dort am Hag. Doch Ich falle wie der Regen ab von allen Dingen und lasse sie alleine stehn, bis sie Mich in sich selber trinken und Bewusste werden ihrer Glorie in Mir.

Das Grösste lässt sich schwer in netten Worten sagen, so wird es eben nicht erkannt, selbst von den besten Kennern der Materie. Nur Einsicht in sich selber könnte sie vom Wahn befreien, den sie einem Panzermantel gleich um ihre Hüfte legen, nur um recht zu haben in der Weise ihres Weltverstehns. Hoffnung ist nun allerdings vorhanden, dass die unumstösslichen Gesetze ihres, Meines Handelns, alles noch zum Rechten führen, denn wie der Hirt die Lämmer über's Feld, so führe Ich die Wesen der Begrifflichkeit gemach zu Meinen Weiden hin am Gängelband von Wünschen und Erfüllen, von Gehorsam und Entsagen, wie von Friedefertigkeit und Weh. Unruhvolle können sich in ihrem Element nicht wohlig fühlen und so suchen sie die Ruh. Macher dreschen Spreu, solang sie nicht im Takt mit Meinem auf die Dinge schlagen. Sie versalzen sich die Suppe allsolang, wie sie von Meinem Mass nicht zehren. Bin Ich doch allein das Weise und Gewissenhafte überall wo Schönheit aufflammt, Lieblichkeit und Harmonie im grossen wie im winzigen Garen.

2.6

Geh Ich in Mir zurück zum Anfang aller Zeiten, so weiss Ich nichts als Ebenmass, Bewusstheit und Glückseligkeit von Mir zu sagen. Dem Spiegel eines Teichs im Sommersonnenspiel ist zu vergleichen, was Mein Seelensein betraf und immer noch betrifft in unbescholtener Grandezza, wie in wesen-hafter Grazie des Selbstgenügens. Ohne Zweifel sprudelte Mein Glück aus tausend Quellen ins Verbreiten Meiner selbst als Botschaft von Gediegenheit und Güte, von Vertrautsein mit den Dingen des Gestaltens, wie von Raffinesse und immenser Schöpferqualität. Diesem Ausgehn aus Mir selbst entspricht das launische Gekräusel, das ein Wind auf ruh'ndem Wasser inszeniert, um Seinsbewegtheit, Schicksal, Vielfalt, Fasslichkeit und Wesenhaftigkeit hervorzubringen. Welten sind's, die emergieren aus dem Freudensaal und nur ein Hauch von Trübung ist in ihnen schon Anlass für Betrübnis, Wirrsal, Lebensangst und Wahn. Doch setz Ich Meinen Fuss auf die Gestade Meiner Willkür, setz Ich auch Mein Drängen in das Rechte, das Ich will und weiss den Turbulenzen jeglichen Formats schlus-sendlich Einhalt zu gebieten. Meine Würde ist bis ins Geringste gross und Meiner Sagenhaftigkeit ist niemand noch entkommen, wär er noch so süchtig nach Versagen. Unfehlbar gediegen bleibt Mein Innewohnen in den Zellen Meiner Generosität und befördert das Erwachen in den Glanz der reinen Stärke und die Anmut des Befindens frei von Lust und Qual. Überall sind Flammende am Werk, die von der Einheit zeugen Meiner wirkenden Doktrin und Seinsgediegene, die keiner Stösse mehr bedürfen ausser denen, die sie selbst sich applizieren, um den Eigenwert um ein Immenses zu erhöhn. Sie fügen und verfügen frei zugunsten Meiner Souveränität und setzen Weltgewandtheit und Gewissen an die Hebel ihres wirkenden Elans. Einsicht, Makellosigkeit und ruhiges Gewalten sind die Attribute einer Gotteswahl von Meinen, deinen Gnaden in den Kreisen :seinsbewussten Unterscheidens.

2.7

Das Medium der Einheit, das Ich Bin, bedeutet Wohlfahrt und Erhabenheit für alle Dinge, welche Mir entspriessen. Myriadenfach und in Verästelungen noch und noch nehm Ich Mich wahr, die alle Meinen Saft und Meine Wirksamkeit geniessen. Wohlbekanntes stösst zu Wohlbekanntem, wenn sich zwei Ausgeuferte im Irgendwo begegnen; Rand zu Rand berührt sich Meine Dignität in Würdenträgern, wie in Ziegenpetern ohne Soll und Haben. Toleranz und Mitgefühl bringt Mich Mir näher in der Vielgestalt der brandenden Gefühle; Wohlerzogenheit schafft Achtung vor dem Andersartigen der Mimen ihrer selbst im Seinstheater, das sie trefflich oder schäbig inszenieren. Nie bricht Meine Reihe ab der Generationen, die Ich mit dem Samen zeuge Meiner Prophetie des Guten und Geschickten, wandelnd durch Äonen hin durch Meinen Schöpfergarten. Wer Mir anhängt, geht geflissentlich voran und wer Mich leugnet, ist von gestern und bewegt sich noch im Krebsgang seines eigensinnigen Vermutens. Allen steht die Freiheit zu, ihr Seinsbewusstsein mit der eignen Willenskraft zu imprägnieren, doch geraten die Verführten immer weiter ins Abseits von Mass und Equilibrium und haben es auf ihre Art zu zahlen. Korrekturen bringt ein jeder bei sich selber an und führt sich unbedacht doch stets der Ausgewogenheit entgegen, die Mir innewohnt in ihnen. Lass es zu, dass dich die Kräfte der Gewissenhaftigkeit mit Vehemenz zum Lichte führen der Vernunft und des vernünftigen Handelns um dich her. Sie wollen sich nicht schadlos an dir halten, sondern sind dem Ganzen eingefügt und müssen auch dem Ganzen ihre Dienste tun von kosmologischem Bedeuten. Entropie bedeutet nichts in Meinem Wortschatz; nur gediegnes Zueinanderfügen ist Mein Sinngedicht und Ziel. Wer die Sanftmut kennt und die Geduld, mit der Ich Mein Geschick verwalte, kann nichts besseres sich wünschen oder denken über allen Püffen, die von Mir in alle Weiten gehn. Gehorsamsein ist wie glücksel'ges Atmen zweier Wohlvertrauter in derselben Lage des Entzückens und des wonnevollen Sich Begreifens.

2.8

Garant für Letztes, Höchstes, Gründlichstes und Liebenswürdigstes kann Ich nur sein in sagenhafter Lauterkeit und immerwährendem Befrieden Meiner Kräfte und Gelüste Mir zu Ehren. Makellos vom einen Ende Meines Seins zum anderen gebreitet teilt sich Mein Begaben allem mit, was Ich an blühenden Besonderheiten in Mir sprossen lasse, seinsversucherisch und zugleich seinserhaben im Bewahren der vollendeten Impulse, die Ich in sie leg. Reifen heisst das Wort, das auferweckt zum Guten; Auferstehn klingt allem, was sich mählich neigte, lockend ins Gehör, bis Meine Ebenmässigkeit und Trautheit mit dem Reinen wunderbar erreicht ist als Mein Ziel.
Immer wenn Ich Anfang sage, ist das Ende mit im Spiel; wo begonnen wird, muss auch Vollenden sich ergeben aus der Sicht des Ewigen, dem keine Zeit zuviel, um seinen Dingen Glanz und Würde zu verleihn. Es hebt sich jede Stimmung Meiner zu im orchestralen Vielerlei, dem Ich den Ton befehle; wie junge Häschen hoppeln die Gefühle der Gemeinde Meinen mütterlichen zu, wenn Ich den Taktstock

zum Gesang erhebe. Meisterstücke müssen meisterhaft geführt und dargeboten werden, dass ihr Klang in alle Herzen fährt und Schwung und Freude weckt in ihnen.
Weide Bin Ich allem, was sich regen will und muss in Meinem Mich Begründen. Zäune soll ein jeder selber um sich bauen, bis er ihrer nimmermehr bedarf, zum Bruder Meiner Offenheit geworden und zum weisen Wirker Meiner unermesslichen Tex-tur. Gerades muss in Meinem Sinn gerade bleiben und Gekrümmtes soll der Krümme Gottes nach-gehn in gewaltigen Mäandern, bis zu Meeren der Genügsamkeit in Meinem Wohl. Wanderern ist Stärkung dargeboten in gehörigen Etappen, dass sie ihren Weg verfolgen mögen bis ans Ziel. Nur die Säumigen vergreifen sich am Ganzen eines wohldurchdachten Plans, dem alles Rechte und Gewandte zugehört im wunderbaren Ausgang seiner weisenden Gewähr. Was redlich ist, wird auch die Redlichkeit gewahren, die in Meiner Absicht liegt, Errungenschaft und Schönheit zu verbreiten über alle Lande hin. Alles Auserwählte kommt von Mir und driftet Meinen Ufern unentwegt entgegen, wenn es sich nicht sperrt, im Ozean der Güte Meinem Lockruf zu erliegen. Frohsein kommt von Fördern einer Melodie des guten Tons im Leben; Seinsbegeistern fliesst in die Gezähmten ihrer eignen Wildheit im Begehren. Nur, wer Mich begehrt, hat leichtes Spiel im Wogen der Gefährlichkeiten und gewinnt den Hafen Meiner Heerschaft in gewissenhafter Ruh.

2.9

Am Bug der Zeit stehn alle Dinge, die die Gegenwart erleben und durchkämpfen und erleiden und vergammeln und veredeln offenbar. Sie kommen auf Mein Wort und auf Mein Wort verschwinden sie von ihrem pauvren oder fürstlichen Gelege. Weltbewegend ist in jedem Fall ihr Tun in niedlichen, grotesken oder schön geformten Wunderwellen, die die Lande überfluten und befruchten nach dem Mass der Sorgfalt, das sie sich gewähren. Grossen ist ein jede Stunde gross, derweil sie Zögernde zum Anlass einer Hemmnis nehmen. Vielgeprüfte wissen ihren Kräften Wohllaut und Verstand mit auf den Weg zu geben, derweil die Stümper Porzellan zerschlagen noch und noch in ihrem Wüten.

Wisse, dass du Bug bist und Verletzer einer Sphäre der Jungfräulichkeit, die niemand noch vor dir betreten. Voll Verlangen, Zartheit und gewissenhaftem Überlegen schreite in das Künftige und Zünftige des neuen Tags und wisse jedem Augenblick den Zoll der Achtsamkeit und Wohlgewogenheit dahinzugeben. Bekanntem füge Unbekanntes an in deinem Drang, das Neue zu erschliessen. Kraftvoll und gediegen sei dein Werk in Mir getan und über-daure in vollkommnem Gleichmass und ergreifen-der Verbindlichkeit den Tross der Generationen. 0 wie wahr ist's, wenn Ich dich auf Mich verweise als den Inspirator deines Aneinanderfügens von gewichtigen Sentenzen, von dezentem Bildwerk, wie von melodischen Leckerbissen, die wie Milch und Honig gleiten ins Gehör.

Als von Mir gegeben schau Ich alles in Mir an und fühle Mich als Innewohnender und Abgeschiedener zugleich in namenloser Zartheit des Mich selbst Empfindens. So wogt Mein Mitleids Herzlichkeit in den Gefühlen des geringsten Wesens auf und nieder, derweil Mein Wonnesein mit Aber schwingen sich in alle Sphären breitet Meiner Seinsmagie. Trost aus unnennbarer Seligkeit vermag Ich einer Welt von wachsender Beklommenheit zu spenden, Schönheit aus verwegnem Zielen und Begeisterung aus der Begrifflichkeit des Absoluten, dessen Reichtum alles Gute fördert und begütigt, bis zum letzten, überwältigenden Mal.

2.10

Ich Bin und Bin und Bin und trage Grandioses zu den Meinen. Verfasser und Gestalter aller Dinge der Allherrlichkeit gelobe Ich den Welten, sie zu benedeien und durch alle Wirrsal des Vollendens in Mein Licht zu führen, rein und wesenhaft und wahr. Alle, alle sollen spüren und erfahren, welcher Wonnen Ich gewärtig bin in Meinem Oberdauern; jeder Klang in ihren Herzen soll aufs zartste sich zu Meinem fügen und Holdseligkeit bewirken für und für. Was Humbug war, soll Nimbus werden Meiner Grazie im Grünen, was ausgelassen Meinen Netzen eingefügt in Sittsamkeit und Würde, wie's an Göttertischen sich gebührt. Nie erblüht und nie geboren Bin Ich der Gevatter ewigen Blühns in Meinen Reihen und bewege ohne Wimpern zucken aller Welten Gründlichkeit, dass sie vor Mir in Andacht oder Zorn im Innersten erbeben. Unverständnis lehr Ich sachte sein in Meiner Hemisphäre sprudelnder Begeisterung für alles Wohlgestalte und bestallte in den Rhythmen Meiner dichtenden Gewähr; Lauen leg Ich Fürstlichkeit in ihr Entfremden und gewinne sie zu feurigen Bejahern Meines Rennens durch die Inbrunst einer fabelhaften Vision.

Was erweckt ist, weidet sich am Wachen in der TrautheitMeines Raumerfindens und bestätigt sich, was es im Schlaf schon wusste seiner Lebensdämmernächte vor sich hin. Nun ist es in der makel-

losen Seinsbewusstheit aufgehoben und geborgen wie in liebesmütterlichen Armen, selig und erhaben. Seine letzte Runde ist gezogen und die Siegesfahnen flattern in den sonnenwindbeglückten Zonen Meines Hierseins als Belohner und Bewirter mit den besten goldgefassten Stücken Meiner Guthand, seinsgalant und schön. Zauberhaftes hab Ich denen zu vergeben, die in Meinem Lichte sich den Gral errungen wunderbarer Herzensgüte und herzinnigen Mich Verteilens an die Besten Meiner Wahl. Hundertfach belohnt wird jede Geste des geneigten Sich für Mich Verwendens, wie noch jeder denkende Elan, der sich zu Meinen Höhen aufwirft in gewissenhaftem Streben.
Wache, wachse und empfehl dich Meinem Überragen und Gewähren reiner Huld im grandiosen Übertragen.
O glaube Mir, dass Meine Engel dich umschweben. Du bist in Meiner Hut in Tag und Nächten deiner Strebsamkeit nach Wohlgeborgenheit im Leben. Ruf sie an in deinen Seelenseufzern und gefährlichen Passagen, in Bedrängnis unbekannter Art, die dir das Sein versauert und dich schwer macht in der Schwere deiner Zeit. Fleh sie an, dass sie mit lichten Schwingen deines Selbstgewahrens Raum erhellen und die Freude dir verbriefen, schattenscheuchend, liebevoll und wahr. Was die Seele sich zur Wohnstatt auserwählt, sei rein und sonndurchstrichen und beglaubigt durch das Leuchten deiner ständigen Begleiter, die dein Seinsgewissen mehren und sich deiner Bitten wohlgefällig auch erweisen. Sprich «sie sind» zu dir und sprich «Ich Bin in meinen Wassern der Gesegnete des Alls und aller Würde würdig in den Seinsannalen». Halte Hofrat bei dir selbst und stelle dich dem Wissen um dein Sein, indem du keiner andern Version Genüge gibst in deinem tiefgegründeten Vertrauen.

Ich nur Bin es, kann es sein in dem um dich versammelten Geschwader, der die Zügel hält in Händen einer hoheitsvollen Strategie, die allen Dienern dient und allen Redlichen die Krone aufsetzt Meines unbestechlichen Behütens und Vergütens ihrer Müh. Zoll um Zoll entfalte Ich Mein Sehnen nach Erhabenheit und Wohlfahrt in den Meinen und berede sie, ihr Wissen und Gewissen Meinem anzugleichen in lebendiger Geneigtheit, alles zu erreichen. Seinsge-schenke mach Ich wohl, doch nur an jene, die in wohlbedachtem Seelenaufruhr Meiner immerzu gedenken und gewillt sind, bis ans Ende ihrer Welt zu gehn und sie dann zu verlassen, Meiner unermessnen zu. Wogen schmieden aus Gefälligkeit und Klugheit kann Ich wohl, um deine zu vermehren, dass sie dich an Meine Ufer tragen, wo die Palmen und die süssen Früchte für dich stehn. Hungre nach dem Sein und du wirst es in sagenhafter Überschwänglichkeit auch finden.

2.11

Erwartungsvoll geworden, tritt die Seele jedes neue Tagwerk an und vertritt das, was Ich Bin in ihren Gründen. Durch Mein Tun in ihr wird Nebensächliches zum Haupt der Sachen und verleiht dem Leben Glanz und Würde, Schönheit und Wahrhaftigkeit, nur, dass sie's recht begreift, in ihrer Weise sich den Eigensinn zurechtzulegen. Behutsam wächst die Überzeugung, dass noch jeder Handgriff wie von Ewigkeiten her gestaltet und geführt wird, als in Traditionen wurzelnder wie auch ins Künftige weisender im Jetzt der Zeit, die Ich Mir Bin ob allen vor und rückwärts streunenden Bezü-gen. Dezidiert und in Mir selbst zur Einigkeit geronnen, handle Ich nach ururewigen Gesetzen auch in dir und allen Handeissüchtigen, die wie die Brausewinde vor dem Auge hergehn Meines Recherchierens. Immer Bin Ich auf der Suche nach Verbesserung der Situationen im Befördern des gemeinen Wohls. Mein Ratschlag schlägt sich unbeirrt im Laufschritt der Äonen nieder und erhebt das Seinskomplexe Zell um Zelle ins gesichert Eigenständige des Welterscheinens. Räd um Rädchen stellt sich so ins Ganze grandiosen Ineinanderspielens und wird hoch geachtet in der Generationenfolge der Impulse, als von Mir gegeben. Klein und Wesenhaft sind eng verbunden in der Machart Meines schaffenden Verfügens und gereichen sich zum Wohl, wenn sie gerade das sein wollen, was sie sich geworden sind in seinsgewisser Perfektion. Qualität ist jederzeit vonnöten, nicht das Viel und Vielerlei, das viele so entzückend finden und darob ins Nichts mehr Sagende entgleiten auf der Daseinsspur. Handeln nach Vertrauen und Gewissen bringt Erfolg und ringt Mein Ideal hervor in seinslebendigen Zügen. Trachte danach, dich spontan in Meinem Sinn zu äussern, sei's in liebevollen Gesten, sei's in langgedehnten Runden auf den Bahnen Meines Fortschritts im Natürlichen. Deine Blicke fest auf Mich gerichtet, trägt sich dein Befinden himmelan und empfiehlt sich Meinem hoffenden Befehlen mehr und mehr im Allvertrauen, das Ich in dich setze vor dem Tor ins Land der Weiselosigkeit und Stärke, dessen einziger Garant Ich Bin im wunderbarsten Selbstgenügen.

2.12

Der Seinsgewandte und verwandte äussert sich in heitrer Weise über sein Befinden, weil er alles in sich trägt, was Reife ist, Bekömmlichkeit und siebensiegliges Vollenden. Nichts wächst über seinen Kopf im grossen In denHimmel Tauchen;

weiser Schönheit mächtig, weist das Meisterhafte seiner Züge auf die Klarheit hin, die ihn umfängt und ihn das Sonnenhelle intonieren lässt, bewus-sten Sinnens und bedächtigen Gehabens in der ewig zart gestimmten Ruh. Wer die Lieblichkeit des Seins erfahren, kann nichts Lieblichers und Reine-res mehr wünschen, denn in allem, was er Ist ist soviel Zartheit, Wonne und Beseligung enthalten, wie in keiner sonstigen Daseinsweise ohne Fehl und fahlen Nachgeschmack im immerwährenden Goutieren.

Ausgedehnt ins All der Dinge ist das Seinsbewusstsein, das dem innewohnt, der sich dem Weiselosen völlig hingegeben. Undenkbar und wunderbar ist, was ihm Halt und absoluter Würde Überschwänglichkeit verleiht, in Kraft und Glänzen. Wirksamkeit voll Verve und Seinsgewichtigkeit sind ihm beschieden und gestatten ihm, sein Werk mit Nonchalance und sprossender Natürlichkeit im Aneinanderreihen träfer Episoden zu verrichten. Magersucht wie Fettsucht meidet er in eleganten Bögen der Geschicklichkeit, solang sich ihm Gedanken höhern Klingens offenbaren. Graspeln, Haspeln und Verbiegen deuten auf Geringes hin, das sich ins Feld des vollen Ährengolds geschlichen, doch seine Tage sind gezählt vor dem erwählten Übermass an korngeschwellter Reife, die es haushoch überwächst und überflutet. Regelmässigkeit im Zug des Spriessens ist von mächtigem Bedeuten, weil sich nur aus dezidiertem Wiederholen die Dynamik des Vollendetseins ergibt, die Faszination hervorruft und begeisterndes Beleben.

Dich muss Es ebenso wie alle treffen, die sich ständig um das Eine, Reine nur bemühn im Reisen, Reifen, Hoffen, suchenden Mäandern und Dezen-te Zuversicht Verströmen. Wirkung stösst zu Wirkung im bedingungslosen Ausstoss, den das Schneidige erfährt im vifen Sein Talent zu Mark-teTragen, das sich dem Ich Bin entringt voll Saft und Süsse in bezauberndem Gewähren.

2.13

Das Akute deckt das Ewige zu in seinem Wüten, doch es ist vergänglich und beschämt sich selbst mit seinem Anspruch, alles zu bedeuten. Erscheinung ist nur Schein soll es uns sagen tief und tiefer ins Gewissen, bis uns kein Ereignis mehr vom Wesentlichen, das wir sind, entfernt im Seinsempfinden. Glückselig ist die Glucke, wenn sie ihr Gelege vollumfänglich unter'm Flügelpaar verei-nigt weiss, glückselig das Ich Bin, wenn es sich selbst erkennt als das in sich Versammelt und Gesammelte im Glanz des Unvergänglichen, das ihm zu eigen. Alle Wünsche welken wie die Blumenpracht im Herbst dahin vor dem Ereignis der besonnenen Reife, das die Seele so bewegt und ihr die Klarheit bringt um ihr Sich immerfort im Sein Befinden. «Ich Bin der Meister», spricht Es sänftiglich in ihre Offenheit hinein; «Ich walte und gestalte, was Ich will in deinem Mich Empfangen,» flüstert Es in unablässigem Begründen einer Seinskultur von übersinnlicher Bravour. Vernimm dies, mehr ist nicht zu sagen vor den Opfern einer Täuschung, die soviele und sovieles mit sich reisst ins vielgeschäftige Ungenügen.

Wer sich treiben lässt, dem ist der Pfahl des Unmuts schon ins Fleisch getrieben; wer auf sich selber hofft, dem schwimmen seine Felle leichthin und gewiss davon und hätte er sie noch so starken Taus an sich gebunden, denn Ich zerstreue alles, was Mich von Mir selbst enthält im Wunder des Lebendigen, in dem Ich wese. Starkmut ist Mein Teil und wahre Stärke im Verbohlen Meiner Seinsverbind-

lichkeiten, wie im Treiben der Entfaltung aller Dinge vor Mich hin. Geschäfte sind mit Mir nicht auszumachen, weil Ich alles Bin und alles impulsiere, was da Ist und sein soll in den Daseinsräumen.
Würdig allen Merkens Bin nur Ich, und merken kann ein jeder, was Ich Bin in ihm, wenn seine Rosse wie durch Feuer laufen und am Himmel Meiner Güte eine Bahn beschreiben staunenswerten Glutens und begeisternden Elans. Das will Ich dir in Seinsvertrautheit lieb besagen und damit dein Bedeuten in die Sterne heben Meines himmelweiten Wehns.

2.14

Zauberei ist nicht vonnöten um Mich selbst zu kennen als die Fülle und die Leere, als das schwer Gedankenträchtige wie lichte Medium der unbegrenzten Möglichkeiten. Niemand kann behaup-ten, dass nicht sei, was Ist in Meiner seinsgalanten Weise Träges als Geschwindes, Waches als noch Schlummerndes und Hochberedtes als Strohdreschendes zu buchstabieren. Damit sei gesagt, dass längst nicht alles, was die Sinne sicherlich vom Weltsein wissen, letzter Weisheit Gabe ist und Wohlverstehn, denn Himmlisches mischt sich mit Vehemenz ins Irdische, noch ohne sich als Irdisches zu zeigen. Wie sollte es, wo seine Freie keine Grenzen kennt im raumerschaffenden Verfügen, wo Seinsgedanken Geisteskinder zeugen und Gediegnes sich an Seinsgediegnes schmiegt in unnachahmlichem Befrieden.
Lächeln ist in sich im Weiselosen schön, und liebevolle Zartheit löst die Finger der Verstrickung zum begütigenden Spiel von sanftem Übergleiten im holdseligen Begegnen. Unirdisch leise Töne lispeln Wonne ins Gemüt der Hingegebenen und reichern es beständig mit dem Schmelz des Seinsvertrauens an in Meinen Gründen. Was Ich Mir Bin,

bist du dir in derselben Weise, nach dem Inhalt deines Wollens, deines Fühlens, deines wohlbedachten Tuns. Es geht nicht an, dass du dich ausser Mir in Szene setzest, wo doch alles in Mir seinen Lauf vollzieht. Das zu merken ist dein Heil und wird es sein und bleiben im bewundernswerten Aufstieg, den ein jedes Wesen vor Mir inszeniert als Mein Gehaben und Erlaben und gewissenhaftes Seinsverstehn. Bedingungslos in Mich gegossen, leben alle Völker vor sich hin und sind dem Weistum Meines Innewohnens ohne Zweifel unterworfen. Leben heisst, Mein Bildnis träumend oder seinsbewusst zu Markte tragen, heisst, die Ration und Ratio, die Ich gesandt geflissentlich verbrauchen und mit Absicht oder Ignoranz zu imprägnieren. Was ist Würde, wenn nicht die, in der Ich steh in jedem Unter fangen Meiner schaffenden Magie, wie Meiner Sucht, Mich ins Unendliche zu verteilen, auch in dir. Gelobe, Mich zu sein in deinen Runden und so sei es, dass dir Heil und Segen ins Bewusstsein strömen und Gediegenheit und Wohl und jede gute Gabe, die von Mir ein Zeichen des barmherzigen Unterweisens Meiner selbst im sehnsuchtsvollen Ungenügen. Sei und sei der Wirrsal wunderbarerweis entzogen als das überwältigende Eine in Gewandtheit und verwandelndem Elan.

2.15

Ich Bin und Bin der Reinste immerfort in dir. Kein Säblein hat Mich je bezwungen, kein Stäubchen Meine Wässerchen getrübt im Saus und Braus und in der Stille Meines Webens. Der alte Adam Bin Ich ebenso, wie das soeben neugeborne Schäfchen auf dem Grasfeld Meiner Gnaden. Backwerk ist belebt von Mir wie jedes Würmchen, das sich tapfer durch die Krume gräbt, dem Morgenschmaus entgegen.

In Andacht beug Ich Mich den Kerzen, die im Wallfahrtskirchlein stehn und hoffe auf Erhörung Meiner Bitten um die Wohlfahrt eines Lieben auf dem Weltenpfad.
Sonngleich hab Ich Mich dem Sein als grosse Reiferin verschrieben, die verschwenderisch ihr Lebenssakrament den Weiten schenkt, die sich daran erlaben. Überall Bin Ich das Wachsen und das Weh, Bin Ursubstanz zugleich und Urgefäss, Mich selbst zu fassen in den Weltenwogenei'n, in die Ich Mein Befinden eingeschrieben. Aller Wesen Sinnkraft fliesst aus Meinem Mich Behüten, brandet an die fernsten Ufer Meines Mich Verbergens und bestimmt ihr Walten und ihr Wohl. So Bin Ich allem seinsgeschwisterlich verbunden, Bin ihr Aufgehn und ihr Scheiden und ermanne Mich in ihm, das Überwältigende zu vollbringen.
Als ein Räuber schleicht der Fuchs dem Hühnerhöfchen zu, den Hunger sich zu stillen; als Gesandter Meiner selbst umschleiche Ich in ihm das lockende Gehege und vergehe Mich an Mir. Wie klug erscheinen sich die Menschen im Versuch, sich voneinander fernzuhalten und geraten aneinan-der, eh sie's recht bedacht in Meinem Mich Be-lauern und Zerzausen sinnlos und verstiegen. Wie gerecht und voller Anmut Bin Ich in den Gütigen der Sonnkraft, die ihr reines Herz verstrahlt und alle Welt in Milde taucht holdseligen Erlebens. Mass für Mass und Zoll um Zoll entziehe Ich Mich Meinen Niederungen und gewähre Mir Glückseligkeit im Heilen, wie Gestilltheit im erwartungsvollen Wei-len, seinsbewusst, wahrhaftig und gediegen. Lächelnden Begrüssens scheide Ich behutsam und entzückt von Mir.

2.16

Gesang des weihnachtlichen Herzgefühls, erwartungsfrohes Stillesein in vielen sehnenden Gemütern vor dem Einen, Unsichtbaren, Untilgbaren und lebendigen Beweggrund allen Weltgeschehns. Myriaden Lichter keimen aus dem Dunkel Mir entgegen als die Künder vielgestaltiger Freuden, die da kommen sollen, oder schon ins Menschenherz gezogen sind auf seinem Weglauf durch die Zeiten. Heimlichkeit des Werdens einer Hochgeburt in Meinem Menschensein, Vorbereiten des Geschenks der grossen Gabe, die die Wiederkunft bewegenden Gottseligseins bewirkt und fördert und erfüllt im auferweckten Erdenrund. Dies Heilige blüht auf in allen Augensternen, die das Zeichen einer Wende in den Himmelsweiten sehn und ihm ihr Treusein und Vertrauen hemmungslos verschen-ken. Gläubigen Staunens gehn die Auserwählten ihrer selbst durch Tage reizenden Beglückens, allsolang wie sie in Meiner Hut und Wonne sich verweilen. Ja, es teilen sich die Geister wie die Wasser auf der Scheide, wenn es darum geht, das grelle Draussen oder Mein erwartungsvolles Inne-sein zu wählen. Komm, o komm, erlieg dem Lockruf Meines seinsgestaltenden Verführens, überwinde, was dir noch entgegensteht und tritt in Meinen Dom der Vaterwürde und des ewig würdevollen Weilens. Von Stund an trage nichts in deinem Sinnen, als die Schönheit Meiner überragenden Gewissenhaftigkeit und Zartheit in unendlichen Bewusstseinsräumen; weide dich an dem, was dich im tiefsten Seelensein wie nichts beglückt und bringe Hoffnung und Beglaubigung des Unerhörten in den Wirkraum deiner Welten.

Andacht, Dankbarkeit und stetes Wachsein sind die Attribute der Bezeichneten mit Meinem Siegel; Gerechtsein und Genügsamkeit vollziehen sich allein in Mir, dem alles sich und sei's in wildesten Gebärden einfügt als ein Teil zum Ganzen, grandiosen Unikum, das Ich in Szene setze, Mir zu Ehren.

2.17

Von Licht und Kraft des Allerhöchsten dürfen wir uns laben und getrost durch Seinen Atem fürbass gehn. Wir dürfen uns ein Liedchen singen von Vernünftigkeit und Glauben und gelangen damit frohgemut ans Ziel der hunderttausend Freuden in der Einheit mit dem Es, das unser Alles ist und unser Strecken und Verbeugen. Nicht jammern sollen wir im jämmerlichen Tal, doch uns besinnen auf das Überwältigende Absolute, das wir sind im Weiselosen. Freien Denkens, freien Hochgefühls erreichen wir in Ihm das beste, was wir wollen und bewahren uns vor Un-heil im Bewusstsein Seines Uns davor Bewahrens.

Sag nicht: „Nimmer werd ich froh im Angesicht der Schlechtigkeit der Welten“. Es ziemt sich dir, den Spruch zu wagen: „Ich vermute Güte und Gerechtigkeit in Meinen Räumen wundervollen Wohls“, und auch danach zu leben. So gewinnst du Boden der Allherrlichkeit und schöpfst aus ewigen Wassern traute Labe nach der Fülle deines Dich-im-Ewigen-Wissens, tatenfreudig und gediegen.

Nicht nur opfern, sondern feiern sollst du Mir und dir das Leben in Gewissenhaftigkeit und Frieden. Pausenlos erfüllen sollst du, was du bist mit Licht und lichtverstrahlenden Gedanken, die dich ungesäumt dem makellosen Meer der absoluten Klarheit liebevoll verbinden und dich retten ins wie nichts erstrebenswerte Wohl.

Gewaltige Träume sind's, von Mir gegeben, die dich führen in dein heilsgeschichtliches Beginnen vor dem Auge der Gerechtigkeit und des gerechten

Lohns nach Mass und Ziel und Schaukraft deines Strebens. Holder, Goldner will Ich dich benennen, wenn du dich ermannst, in Meinen Zügen sicher durch die Zeit zu reisen und ihr Angesicht zu färben mit der lächelnden Tinktur des Rosenmorgenhimmels vor dem Aufgang Meines abervollen Gleissens. Glaube, glaube, dass hier Ewiges mit im Spiel; weih dich ihm bedingungslos in deinem Ungenügen und versink in Seiner Huld Gepränge wie ins Meer der Grazie, das du im Sein gefunden. Lebe, webe, wachse, wache, weile, heile sinnenfroh in Mir und Meinem Dich Begründen als Mein Losgelöster und Erlöster seligen Ge-schlechts im Reinen.

2.18

Ich, der Auferstandene aus Zorn und Zagen ins Bewusstsein reiner Redlichkeit Bin Mir das Einzi-ge, das Ist im wahren Wortsinn, wie in wahrer Stärke, unerbittlich, weise, taktvoll und gediegen. Nonchalance ist Mir zu eigen ebenso wie grandioser Missmut, wo Ich an Mir selber Mich verfehle in den Wesen Meiner Rat und Tatenlosigkeit; doch immer ist das Überschauende in Mir gefeit vor wandernden Intrigen und erkennt sich als das reine Medium allherrlichsten Gebietens.
Ewiger Wachheit Zeuge Bin Ich Mir im Guten, Wohlverstand in glänzendem Bewähren und gewissenhafter Bote einer Tugendhaftigkeit, die dem Geringsten wie dem Höchsten dient in Mir. Bare Münze lass Ich springen jederzeit in Meinem Mich Veräussern; trocken leg Ich Sümpfe wilden Gärens und gereiche Mir in jeder Weise weiser Selbstgefälligkeit zum Heilen.
Eingebettet in die Tiefen Bin Ich jedem Keim der allerhöchsten Herrlichkeit, Bin wie das Rauschen silberhellen Quells urewiges Genügen an Mir selbst,

wo sich das Ohr zur Herzensgüte neigt und Schlimmem mit Beseligüng begegnet in gewissenhaftem Frieden. Meiner Runden viele sind Mir schon beendet im Moment des Zeugens ihrer Wunderwirklichkeit im Grünen, weil sie nur zu Mir sich wenden können im Vollenden ihrer Kür. Jede Bahn erfährt sich in der Not des Ausgehns, wie im Freudentum der Heimkehr an den Punkt des Ursprungs seiner Fabelhaftigkeit im Keimen. Missionen kommen so zustande in den aberwitzigsten Gezeitenschlägen, die sich hoch ins Göttermass erheben und erratisch vor dem Menschenhaften stehn. Grossen ist es nützlich, sich das Grössere zu denken, dass sie niemals überheblich werden in der Grösse wunderlichem Spiel. Kleinen soll das Minikrime noch zum Vorbild reichen, um ihr Selbstgefühl zu heben und die Würde aufzuzeigen ihres Weltbestehns. Grund in Gründen aber Bin Ich allem, masslos, ziellos und erreichbar im Erkennen Meiner Garnison der Göttlichkeit im wesenhaften Jetzt und Hier.

2.19

Unwiderruflich Bin Ich Mir der Ahne Meiner selbst im generationenschweren Mich Veräussern an die Weltenbünde Meiner Kuriosität des Impulsierens. Machbar ist Mir alles, doch die Wege Meines Freiseins ziehen sich in abervielen Schnörkeln erst ins Ziel. Meinem Absoluten hängt das Relative wie ein Sammelsurium von Kräften tarenträchtig an, die sich zuweilen und zuhauf in Widrigkeit ver-stricken eigner Provenienz, aus der sie sich nur mähevollens Suchens noch erretten können.

Ungeboren, ungesehn jedoch Bin Ich den Zellen Meines Allerfüllens immer nah wie ein allmütterliches Schwingenpaar, das sich voll Güte über seine Lieben breitet, schützend, lauschend, mindernd die

Gefahr. Wer wollte nicht sich selbst befördern mit Geboten, Noten, willgeschmeidigern Gerecht-sein, wie mit sehnenden Gebärden nach Erlösung, Wohlklang und gesittetem Sich selbst Verstehn. Beständig diffundiert Mein Sein ins Wesenhafte Meiner Sphären und nimmt sich zurück ins reine Meer der Urvernunft und des beschwingten Seligseins an sich in Wassern der Genügsamkeit und des holdseligen Wiederkehrens. Wen zögen die Aspekte dieser Schau nicht wie mit tausend Fäden an, wer wollte sich nicht an ein solches Freisein binden über aller Lebenslustigkeit und Qual. Dahin fällt jeder Wehlaut, wo sich Meine Treue in den Treuen wieder findet der Erfüllung Meines wissenden Gebietens. Weit und wuchtig ragen die Bezwinger ihrer selbst in Meines Reiches wohlbesonnte Traulichkeit und lassen sich in Ehrfurcht und Gelassenheit an Meiner Seite nieder, das Erlöstsein zu erfahren.
Holder Ahnung Nachklang nistet sich in jedes Herz, das sich ins Sinnen nach dem Ewigen vertiefte; noch ein Hauch des seinsnatürlichen Lächelns schwebt befriedend über ihm, wenn es sich wieder in das Weltensein zurückgezogen. So äussert sich im Her und Hin bewussten Sich Erfühlens, was ein jeder ist, und was Ich Bin in seinem tatendrängenden Agieren. Weben, Regen, Trachten, Achten und Beschwingen sind von Mir und teilen sich ins Myriadenfache eines Existierens und Gewinnens und Verlierens von bewundernswerter Dichte und bewegendem Begründen einer Wirklichkeit, die fern und nah liegt von der Meinen.
Im Seien Bin Ich näher noch als nah Mir selber und versenke Mich in jede seinserschaffende Gebärde Meiner Wahl.

2.20

Ich Bin der Raum, in dem Ich Mich vor Mir verberge; das Ätherreich, in dem sich alles Zünftige offenbart aus Meiner Strategie, das Grandiose mit Nuancen zu verbrämen. Gewinnend Bin Ich, wo die Fäden Mir zusammenlaufen zur genial geplanten Aktion im Dämmer neuerwachter Zeiten. Nur wo Geistessonnen sich erheben, kann das Ich dem Glanz des Wirklichen ins Auge sehn. Es weben sich die Welten aus Gedankenkraft und Licht zusammen, wo Ich steh und fassen sich und lassen sich in wunderbar geformten Wesenhaftigkeiten voller Spürsinn und Begaben. Leicht im Leichten ist ihr Sein ein ständiges Sich ins AndersartigeVerschweben, so wie sich Gesichter kundtun je nach dem Erleben, das sich hinter ihnen inszeniert. Nimmer lässt sich etwas als gefasst erhalten; Fluss zu Fluss und Tal zu Tal muss ineinander übergehn im grossen Wallen, Stossen, Kneten und Begiessen. Das Gesammelte verteilt sich wieder in die fernsten Lücken Meiner Kunst, Mich darzustellen als das lückenlose Eine ohne Zögern augenblicklich im Allhier. Nichts gibt es, was Ich nicht erreiche, räumlich, zeitlich in des Augenblicks Begaben, wie im Überall, das Ich Mir Bin Mir wohlvertraut im köst-lichen Mich Entladen. Wo Retouchen anzubringen sind, erwarte Ich Gefälligkeit und Feingefühl im Pinselführen, wo Vollkommnes steht, wisch Ich es aus, dem neu Erstehnden tüchtig Raum zu geben. Ob dem Verschwundnen Faxen schneiden liegt Mir nicht und Altes anzuhäufen ist Mir greulich wie die Vorzeit, die das Jetzt gebar. Schwarm um Schwarm lass Ich ins Weite fliehn gezügelten Gedenkens, mild und streng, verspielt und schlicht je nach der Absicht, die Ich vor Mir her verfolge, bis zum folgenschweren Ins Konkrete Übergehn. Leichter ist's, ein Vorbild zu kreieren, als es seiner so verführerischen Schönheit wegen wieder zu zerschlagen im Prozess des Schaffens und Verwehns. Einem Zauber zu erliegen ist noch kein Verdienst, doch das Zauberhafte zauberhaft zu formulieren steht nur Meiner Grazie zu im überirdischen Bedenken der Gegebenheiten, wie im zärtlichen Drapieren der Gefühle mit dem Wohlverstand beherzter Flanerie.

2.21

Seliges Erwachen in der Seligkeit des Seins ist Meines Wissens bester Zug von allen Zügen, die Mir eigen. Reinen Glücks gewahre Ich Mich selbst als das Noch-nicht-Begonnene und das Vollen-dete zugleich in unnachahmlicher Gelassenheit und warmem, wahren Frieden einer höheren Heimat, makellos gelegen. Mich verlass Ich nie in diesen Regionen der Gelöstheit und Bewusstheit sondergleichen; alle Meine Züge sind auf Meinem eignen Brett getan zu nonchalantem Siege. Was Ich Bin, ist in Mir selbst als Wesenseinigkeit aufs trefflichste geborgen; aller Wünsche bar, gewähre Ich Mir Seligkeit und Wonne aus naturbedingtem Innewohnen noch und noch durch glitzernde Äonen, ohne je das Ende Meines Zustands abzusehn. Feierlich und mild und trostvoll ist Mir alles, was Ich Mir bedeute, lichtvoll und erhaben die Gestimmtheit Meines Wesens in der Wachsamkeit des Ewigen, als das Ich Mich behüte für und für.
Taufrisch mit Gefälligkeit beladen strömt Mein Sein dahin in stillem Sich Verbreiten in ein uferloses Meer von Glätte und Glückseligkeiten. Froh in immerwährendem Befrieden Meines Mich Empfindens weile Ich in weihevoller Grazie im Augenblicklichen, dem sich Mein Allsein leichthin als Errungenschaft erschliesst und ihm die Prägung gibt

des ruhevollen Überschauens aller Dinge Meines Mich Begreifens.
Getragnen Schreitens Bin Ich so zu Mir gekommen, ohne jemals von Mir selber weggeflohn zu sein; unendlich sanften Mich Behürens anempfehl Ich Mir den Duft der Zärtlichkeit in langgedehnten Zü-gen.
Alles Liebliche enthüllt sich Meinem Schauen und bewegt sich in vollkommner Anmut durch Mein Sein der tausend Lieblichkeiten und Hold-seligkeiten in den Armen reiner Huld und wohl-gelungner Minne, sinnfroh und gediegen.
Ausbund der Genügsamkeit bewahre Ich Mich in den Werten, die Ich in Mir habe und bewahre Mich im Stand der unnachahmlichen Grandezza Meines Selig in Mir Weilens.

Blüte der Äonen

3.1

Was du dir von Mir sagen lässest macht dich reich und schön. Von Mir geschmückt, trittst du wie eine Bräutliche aus der Verlorenheit hervor, um dich mit Meinem reinen Wesen zu vermählen. Wie hast du doch die Zeit herbeigesehnt, wo nur noch Meines Lichtes Fülle dich umflutet; wie liebevoll und edel ist die Seele dir geworden, ob dem Guten das du tatest, um dich Mir vertrauensvoll zu nahn. Und Ich war immer da, dich heimzuführen in Mein Zelt der guten Gaben, wo die selige Unbeschwertheit dich zum Tanze ladet und Glückseligkeit dem Auge winkt auf Schritt und Tritt im würdevollen Schreiten. 0, wie bist du Mir nun eine Heile in des Seins allheiligem Befinden, wie lächelt dein Erhabensein dem Meinen Wonne zu und überirdisches Befrieden. So lautlos wie der Rosen-morgenschimmer schlich Ich Mich an dich heran und wie du Mich erkanntest, fasste dich ein Jubel an von soviel Innigkeit lebendigen Erfahrens, dass du wie verklärt vor Mir in Dankbarkeit und Himmelstrautheit weiltest, Meiner Weihe liebender Gespan.
So wird dir nun in Mir auf ewig, wie der silberhelle Quell, das Strömende und Hochgebenedeite Meiner Güte widerfahren; so tauf Ich dich mit Anmut des Empfindens und mit einem Weltgefühl von souveränem Überragen, dass du unbeirrt und unbeschadet durch die Lebensklippen dich bewegst und weder Rast noch Ruhe kennst in deinem Dich-durch-Meine-Mitte-Führen. Holdselig, wer sich so von Meiner Minne lässt umfluten, im Innersten befriedet, wer die Zartheit spürt, mit der Ich allem Wesenhaften Meine Triebe offenbare. Komm du nur zu Mir, dass Ich dir jede deiner Wunden mit dem Balsam wunderbaren Wirkens salbe Meiner Treu im Guten und der Allgerechtigkeit, mit der Ich dich erlabe. Weise deines Herzens Strahlen Meinem zu

und sei glückselig im erschütternden Vereinen aller Gegensätze in dem Einen, das Ich Bin in dir und Mir, wie in der Lichtkraft kosmischen Behütens.

3.2

Was dich erhebt ist Mein bezauberndes Geflüster von den Idealen einer Welt, die Mir zu eigen und die sich eignet auch dir an, wenn du dich liebevoll dahingegeben. Willst du Trost, so ist es dieser, dass Ich dich unendlich sanft umfange, wo du stehst und gehst, dass du im Fluidum der Zartheit Wonne atmest wie im Liebesrausch, den dir die Sinne offenbaren. Nur, dass du deiner Fesseln dich entwöhnst und in der Freie freien Unterweisens dich von Mir belehren lässest in den Tugenden des Seins vor dir und aller Welt als eine, deren Ausgang nun den Sieg errungen, deren Würde Meiner sich empfahl und deren Tauglichkeit sich der der Sterne angeglichen. Weisst du das von dir? Dann bist du wie die Palme, deren Krone Schatten spendet dem Bedürftigen und deren Dasein zur Oase wird in einem Landstrich krasser Dürre, Hoffnungslosigkeit und tränender Begier. Wieviele lechzen nach Erlösung von den Plagen, die sich aus der Summe vieler Kleinlichkeiten grossgemästet haben. Wieviel Seelen darben, weil sie sich verschliessen vor dem Wunder Meiner Gegenwart und so ihr Liebstes, Teuerstes ob allem Wahn der Welt nicht sehn.

Streue Liebe aus wie Blumen vor den Ungerechten, und sie werden ihrer besten Kräfte sich ersinnen und allmählich Meinen Lebensruf verstehn. Teile und gewähre Schutz, all wie Ich jedes Gran der Schöpfung liebevoll verwalte und verzärtle obendrein, wenn es nur seine Mache aufgibt und von Mir nicht fordert, dass Ich's breche, um ihm seine Ohnmacht zu beweisen. Sei und sei in Meiner Grösse grandiosen Stils Entfalten, hinterfrage das

Ich Bin in dir und du wirst von ihm Göttergunst erlangen. Weide dich an dem, was Ich dir an Wahrhaftigkeit zu Füssen lege und gewinne Achtung vor dem Übersinnlichen, das deine Stärke ist und dein Befehl zum Guten und Gelassenen, das soviel Segen bringt in deines Schreitens Spur.
Nicht Tand noch Trübsal, sondern Glorie des Auferstehns sei deines Handelns Inbrunst und Verlangen und gewähre dir Glückseligkeit in Meiner Weise des Verwehns.

3.3

Was bist du denn, vom Sein geliebte Seele andres als Mein Wesens Ausfluss, Meines Handelns Hort und Meiner Billigkeit Gewähr. Wie fühlst du dich mit Mir verbunden, wenn du inne wirst, wie Meine Kräfte dich durchfliessen und Gezieltes deines Bo-gens, Meines Zielens Absicht ist und tätiges Vollenden. Nur zu Mir wird dann der Wohllaut deiner Liebe sich erheben, deines Denkens Ebenmass wird Meinem sich vergleichen und die Stunde schlägt, wo du dich vollends Mir anheimgegeben, dass Ich in dir wirken kann und werken, wie jeder Handwerksmann in seinen Räumen, wie der Land-mann auf dem Feld und wie die Hohepriester sich's im Dom der Andacht zugemutet haben.
Jeder unbedachten Schnelle bring Ich so Getragenheit und Lebenslust entgegen, jedem Irrwitz wohlbedachtes Lauschen und dem Fahrenlassen Meiner Hut Beständigkeit im weisen Überwalten des Geschehns. Wahrlich, wahrlich brauchst du Mei-ner Seinsbehutsamkeit dich nicht zu schämen, die sich Mal zu Mal enthüllt in deiner Gründlich-keit Vollzug und dich vertrauen lässt, auf was Ich deinem Werdegang entbiete. Gewissheit ist der Seele seligstes Gefühl von Meinen Gnaden und von Meiner Inbrunst im Bestellen der gefurchten Äcker,

wie der allbereiten Wachheit Meiner Diener dort und hier.
Salz der Erde will Ich dich benennen, wenn du Meiner Würde Zeichen dir erkoren, wenn Mein Schatz in deinen Händen ruht und deine Fülle Meine ist in wundertätigem Vergeben. Lass es gut sein, wenn die Perlen Meiner Gunst geflissentlich durch deine Finger gleiten und das Menschenfeld befruchten, das in deiner Obhut steht. Wie verzaubert magst du dann von Meinem Einfluss zehren und dabei Mein Bild verehren, das wie einer Sonne Strahl dein Schauen überweht. Es hütet dich, vergütet dich Der nimmermehr von dir gewichen seit du Bist mit unnachahmlichem Gespür für eine Weihe, die dir innewohnt in allen Lebenslagen. Kommst du, kommst du wie im Schlafe wan-delnd treulich Meiner Vaterschaft entgegen und verwandelst, was du willst in eitel Freude und ein strahlendes Bewusstsein von dir selbst, als seinsgetragne Seele im Vereinen mit der göttlichen Gediegenheit und Lauterkeit, bedeutsam, weit und hehr.
Was taugen dir die Sinne, wenn sie nicht den Sinn von Mir erhalten; was ist die Wonne dieses Augenblicks, wenn sie sich nicht an Meiner misst im ewigen Gesunden.

3.4

Setze Mich als Engel an die Stelle deines Unterweisens. Mehre, was du weisst, um Meines Wissens köstliches Gewinde und erreiche Hoheit in Person, derweil die vielen noch, Unwissenden, im eignen Staube kriechen. Wohlbereit und rüstig folge Meinen Pfaden zur Allherrlichkeit der Dinge Meines Phantasierens; reiche Mir dein Pfand hinüber, das Vertrauen ist in jede Meiner Gesten im Gehäuse des Natürlichen, das Ich Mir zubereitet habe. Hilf dir

selbst, damit Ich hilfreich dir zur Seite stehen kann in deinem Ringen, Singen, Schwimmen und veräussern deiner Glut. Es heben dich die Wogen reiner Zuversicht hinan und helfen dir, Mein Freiland zu erreichen. Fülle deiner Hülle Mass mit Meines Lichtes Weben und enthalte dich der vielen kleinen Unbotmässigkeiten, die wie Stäubchen sich verhalten in der Helle Meines Strömens. Läutre, was du bist mit unaufhörlichem Bedenken Meiner Grossmut und Geduld im Aneinanderreihen wundervoller Taten. Träufle dir den Slogan ein: „Ich will, was mir das Sein zum Wollen aufgetragen." Mit jedem gottgefälligen Entschluss gehst du vom Kreuzweg auf der rechten Spur dem Heil entgegen, das da ist Mein alldurchflutendes Geheimen. Wortlos, ortlos trag Ich dich von hinnen in der Kunst des Seinsbeglückens und erwidre deinen Ruf nach Ruhe im Gewissen mit Behutsamkeit und trefflichem Elan. Folge du dem Klang der Heiterkeit in deinem Über dich Verfügen und erweitre deinen Wortschatz um die Zeile: „Siegessicher Bin Ich in den Lebenskämpfen, die Mir untertan."
Halt um Halt Bin Ich in deinem Steigen, meisterliches Wohlverhalten deinem Stand in noch so schwindelnden Passagen. Merke dir den Griff aus Kraft und Zuversicht im Weiten deines Horizonts bis hin zu Meinem Überragen. Weise deine Güte Meiner zu in jedem Überwinden und erfahre, was es heisst, das Fechten zu gewinnen um den Gral.
Mein ist die Milde im beflissnen Überschatten Meiner Treuen mit unendlicher Holdseligkeit im Lichte des Vereinens.

3.5

Dir sei gesagt: Es weben sich die Seinsgedankenfäden in dein Dasein wie der lichte Sonnenstrahl. Die Augen hebst du von der Hände Streiten und

gewahrst in Mir die absolute Friedefertigkeit und Ruh. Kein Kleinod, das du je besessen ist von solchem Wert wie dieses: Meiner Güte Gegenwart erkennend zu erfahren. Teilen will Ich mit dir, was Ich einig Bin in Wundern der Glückseligkeit nach deinem Mich Erwarten. Hold den Holden, bärenstark den Starken Bin Ich und voll Sanftmut den Gezeichneten des Wehs, in Meiner Weise allen helfend beizustehn. In Wärme, Liebe, Treue und Gedulden trag Ich Lebensschätze zu den Meinen und ermuntre sie, ihr Dasein der Verheissung anzugleichen, die von Mir ausgeht und im strahlenden Bewusstsein endet, das Ich Bin in jedem Schauenden der Wahrheit, wie im wonnevollen Herzgefühl.
Leiste dir die Zeit, im Stillsein Meines Rufens Zauberwort zu finden und begabe, was du bist mit strömendem Begeistern, das da Ist von Mir. Es laben sich die Lieben von der Zärtlichkeit, mit der Ich sie zum Guten führe. Es kreisen Engelscharen um ihr Sein und stillen ihres Seufzens hoffende Gebärde mit dem Lichthauch ihrer Schwingen und dem Lächeln wissenden Bedeutens, das von ihren Wangen sich verweht. 0 Reine du, dem Mägdlein in der Kammer gleich verkünde Ich dir die Geburt des Ewigen in deines Herzens Schoss. Es ist, als ob ein Lichtschein dich von innen her durchstrahlte, wenn du innig inniglich Erfüllung findest deiner Sehnsucht nach Geborgenheit und Frieden. Meinem Sein dahingegeben atmest du Entzücken an dir selbst als Sein von Meinem Sein und Sinn von überwältigenden Gnaden.
Weilend weilst du wie die Fee im Wald zu Füssen eines Rosenschimmers, der sich in den Morgenhimmel schmiegt und der Mein Zeichen ist der Lieblichkeit des Seins für dich und alle, die es schauen mögen. Trau der Güte, die dich lind umwaltet von der heiligen Natur und sei ihr Teil in Anmut und

berückendem Behagen. Was dir frommt, ist in dein Herz geschrieben und was dein ist, kommt in wunderbar besänftigender Traulichkeit von Mir.
Schöpfe aus dem Nimbus Meiner Unverhältnis-mässig-keiten, was du schöpfen musst in deinen Tagen. Nichts ist verwerflich, was aus Meiner Höhe kommt des akrobatischen Gebärdens; keine Nummer ist Mir zu gering, sie einer Welt von Würdigen wie Spiessern vorzutragen. Letztlich setze Ich ja immer bei Mir selber an, sofern es Neues gilt zu garantieren. Das Massenhafte ist der Masse zugetan, die kaut die Dinge wieder, die am Wegrand, Lustigkeit verheissend, stehn. Du aber sollst wie aus unendlichem Geheimen Meiner Gaben Weisheit in dir auferziehn und immerdar voll Innigkeit betauen. Denn Meiner Vielfalt Unerschöpflichkeit will auch in dir das Unerschöpfliche erregen, das mit Ah und Amen immer neu Entzücken schafft in der Arena hundertfältigen Staunens. So liegt's an dir, den Unwert mit den Werten zu vertauschen, die Ich impulsiere, spielerisch und froh des Mich Verspielens. Weder Sach-zwang noch die Sitte soll dich zähmen und dich daran hindern, so zu sein wie du dir sein willst in der Glorie Meines Dich Begabens.
Trete kurz, wo du nur Eignes hast zu bieten. Lieber bleibe stumm, als dass du Plattgewalztes auf den Sockel hebst labilen Gleichgewichts, dass es die Neidischen sogleich herunterreissen und, wie sich's gehört, im Staub zertreten ihrer händelsüchti-gen Ironie. Allein die festgefügte Anmut kommt aus Meinem hintergründigen Erwählen und erweist sich als das wahre Nützliche in soviel Eigennutz und Prahlen. Sinnbild deiner selbst sei und gewahre, dass es Meines ist vom Schrot und Korn des Trefflichen im Bilderbuch der Zeiten.

Mich zu finden ist am End nicht schwer, wenn du nur alles schön beiseite lässest, was verhüllend, blendend, zimperlich und töricht dir erscheint im seinsbewussten Unterscheiden. Nur, dass deine, Meine Kräfte dich zum Einen führen, das so sehr beglückend und bestätigend von deinem Hier bis zu den Sternen reicht im Allbedeuten. Lass Es wie die Sonne leuchten über dir und sei ihm hörig, wie das neugeborne Hündlein blind und hungrig seiner Mutter hörig ist im Tempel ewig sprossender Lebendigkeit im Grünen.

3.6

Den Weg des Herrn bereiten soll dein Wesens seelenvolles Lichtgespinste jederzeit und irgend-wo im Weistum Meiner Züge. Gelingt's dir, bist du frei und frisch und fromm wie eine Turnerin von Gottes Gnaden. Nicht die Absicht zählt, Ich will Voll-bringen und gehöriges Rütteln an den eingegra-benen Strukturen, die so oft ins Unnatürliche und Eigensinnige gehn. Galant, geschmeidig und gediegen soll in Mir dein Wirken sein, dass alles sich erfülle, was Ich will in siegessichern Kapriolen. Gesetzt der Fall, du schaffst es gradewegs in Meiner Helle Dom zu eilen, taust du auf aus Kümmernis und Kälte und erglühst wie's Mägdlein vor dem Hochaltar in daunenweicher Liebe zu dem Einen, der Ich Bin voll Zartheit auch in dir. Du lebst und schwebst und trippelst taubentänzerisch dem Sphärenlicht entgegen Meiner Huld und Meiner Unschuld, die sich nun an dir beweist im liebe-vollen Mich Vergeben. Willst du dich von Mir umfan-gen sehn, so gleiche deines Schwingens Flügel Meinem Schwunge an und steige höhwärts in dezenten Kreisen. Aufwärts, seinwärts wirst du bald erfahren, was die Sterne und die Räume dir erzählen und du wirst dich mitten unter ihnen, eine Neugeborene, im

Element der Geistesabenteuer-lichen wiederfinden. Wenn du lächelst, lächelt eine Weise einer Welt voll Grazie Glückseligkeit entge-gen und gefällt sich in der Minne Gottes wunderbar. Der leise, liebe, lichte Atem der Allherrlichkeit umflort dich, auf und niedersinkend im Gewoge bräutlichen Verschleierns und begabt dich mit der Lust am Sein, die ihresgleichen unter soviel Lüsten sucht, die andere betören.
Grazie des Weilens wirst du nennen, was Ich dir bescher und Wiederkunft des Ursprungs deiner Züge, was du in Mir findest, freien Umgangs mit den Wesen Meiner Seins gewähr. Einheit, Gleichheit, seinsgeschwisterliches Dichmit Mir Vermählen ist dein wonnevolles Los im abergründigen Dein Menschensein an Mich Verspielen. Konsequent und tapfer und geduldig und verschwiegen sind die Seelen Meiner Wahl, die Mich dann nimmermehr verlieren.
Im Morgenfrühen silberhellen Tönen nachzugehn, entspricht dem Holden und zutiefst Bewegenden, das Ich dir Bin im Jetzt der Gotteszeiten.

3.7

Wie die Wände so die Hände die an ihnen stossen an; das heisst: Du hast dir jede deiner Gruben selbst gegraben. Sagst du nicht auf Schritt und Tritt: Ich will das schon, doch kann ich's nicht, ich hab ob dies und jenem Sorgen. Darein hast du selber dich im Menschensein gestossen, im Hinausgehn aus der Götterheimat, die Mein strahlendes Bewusstsein ist und war; wahrlich nicht zu deinem Schaden, wenn du einsiehst, welche Fülle von Errungenschaften sich damit verbindet, dass das Ausgesetzte wächst und blüht und duftet durch Äonen, immer majestätischeren Räumen zu. Vor dir liegt das letzte, beste Dich Vereinen mit dem ungebundnen Medium der Herrlichkeit, in dessen Fluten du dich selber als das Eine findest, das in freudeströmendem Bedenken das Ich Bin sich selber sagen, singen, rufen, jubeln kann in echolose Weiten. Kein innigers Umfangen hat es je gegeben, als das Sich Durchströmen unzählbarer Wesenheiten, die in freiem Austausch sich besinnen auf die Kräfte der errungnen Götterwahl. Noch ein jeder sprossende Gedanke fasst sogleich den ganzen, grossen an, der Ich Mir Bin in sagenhaftem Überragen. Jedes noch so heimliche Gefühl vermengt sich mit der liebe durstigen Empfindsamkeit der Sphären und gebietet je nach Qualität Aufwallen oder seelenseliges Beruhn. Ja, alles habe Ich verschossen und verschlossen, ausgekartet und verspielt, gesammelt und versammelt, liebevoll behütet und vergütet in der unermesslichen Bedeutsamkeit, die Ich Mir zugemutet habe. Freund und Feind hab Ich Mir allesamt erkoren, liebestolle Nächte wie beglücktes Aneinander schmiegen in erfüllter Wonne vor dem Tot Treue wie Verrat sind Meines Ausgehns Folgen, Glück des Wiederfindens Meiner Heimkehr tausendfältiges Brausen.

Was Ich weckte schlummert in Mir selig wieder ein; was Ich aufgeschreckt, ergibt sich wieder Meinem Werben um die Meeresruh in der Ich wese. Tropf um Tropfen fliesst in unabänderlicher Pilgerschaft Mir zu und lernt das Lichte kennen im Verdunsten seines Schwergewichts vor Meinem sonnengleissenden Gedulden. All so mach Ich Meine Träume wahr, vermehrend die Wahrhaftigkeit in Meinen Gründen.

Bist du, Bist du schon in Mir und mehrst in Redlichkeit und Milde Meiner Wonne Zauberspiel. Seinsbewahren fügt sich zur Geschäftigkeit des Sehnens und gewährt dir Glück um Glück in nie erlebter Dichte und in wunderbarer Eintracht mit dem über alles Würdigen, das Ich Mir Bin im überwältigenden Strahlen.

3.8

Wie arm sind doch die Mammonjäger, die in ihrer Daseinsliturgie den Dienst an Meiner Gegenwart nicht leisten mögen. Sie fallen wie die Spreu aus Meiner Regel, wenn Ich mit den Winden überird'scher Klugheit Weizen produzier. Sich selber richtend, richten sie ihr Werk zugrunde allsobald wie Meine Stunde kommt im Jetzt der Geistesgegenwart, die Ich begründe. Das Wahre ist dem Unwert haushoch überlegen und verbindet sich mit jeder Geste eines Seinswahrhaftigen, dem Ich die Zügel reiche zum gewissenhaften Traben.
So sei nicht ängstlich ob dem unbedachten Weltgetriebe und verseh dein Amt mit Tugendstärke und Gelassenheit in Meinem wunderbaren Dich Behüten vor dem Wüten der Notabeln, die von Gottesweisheit nichts verstehn. Immer näher will Ich dich an Meine gute Seite rücken sehn, um dich mit Seinsbarmherzigkeit zu laben. Das Vertrautsein mit den Dingen Meines väterlichen Unterweisens macht dich gross und lieblich vor des Herren Augen und beflügelt deinen Sinn, dass er sich gleich dem Adlerschwingenpaar in Meine Lüfte hebe reiner Seinslust, wunderbar.
Hast du je begonnen Meiner Sterne Licht zu zählen, das wie Gold in deine Seele fliesst im nächtigen Beschauen? Keine Grenzen kennt ihr Wehn in Meinen Räumen der Behutsamkeit im Raunen. Was dir als Musik der Sphären ins Gemüte klingt, ist Meines Wortes Dich Belehren; was an Lichtern dein Dich in den Himmeln selbst Erfahren über weht, ist Meiner Gaben feinste an die Seins-natürlichen, die Meinen Wesensgrund gefunden haben. Streich und überstreich mit namenloser Sanftmut Mein

verräterisches Dich Umgluten; schmiege dich und wiege dich in Meinen Mantel ein der transzendenten Zärtlichkeiten, die Ich dir gewähre. Holde Hüterin der Sitten Meines Selbst Versi:ehns, bewahre dich in Meiner Huld in Nächten, wie am Tage reinen Seinserfahrens, das mit dir Freuden tanzt und dich mit Kränzen der Holdseligkeit umwindet. Sei eine Sein.sbraut in den Schleiern der Gerechtigkeit und Milde und verlächle deiner Lippen süsses Ja vor Meinem Hochaltar im Dom der Engel, die in strahlender Bewusstheit vor dem Einen Wache stehn.

3.9

Im leichten, lichten, luftigen Herzgefühl sollst du Mich finden, mitten in der Schau von kosmologischer Dimension. Es ist ein grandioses Mich Mir selber wieder Bringen, ein Durch die Räume Gleiten, Meiner Sehnsuchtsqual zum Lohn. Wie schön, Mich in Mir zu verlieren., wie traut, die Traulichen in Meiner Unermesslichkeit zu sehn und sie auf Du und Du dahin zu führen, wo Meine Fahnen auf erfüllter Seinsverheissung stehn. Kein Glück ist so von Seligkeit durchzogen, wie dieses eine, reine hier und keine Seligkeit so abgewogen, wie das Empfinden einer himmelweiten Zier. Was du dir denkst, ist offenbar nun Meines Denkens waltende Gebärde, worüber du dich unterhältst, ist Meines Unterhaltens Stil, und wenn Ich im geringsten nur dein Seelenheil gefährde, so ist es, weil Ich näher dich zu Meiner Nähe führen will. Sei wohlgemut in Meinen Gründen, die deines Wesens Heimat sind und die nach Wind und Weh und abertausend Sünden bedeuten, was Ich aller Welt verkünd: Dass noch ein jede Spur im Wanken sich windet in Mein hehres Ziel, wo dich herzinniges Bedanken durchströmt im wonnevollen Spiel.

So ist gesagt, was sich im Sagen schon als Gang erweist zu Freudenquellen hoch und hehr und was getragenen Gestaltens Mir die Ruh umsäuselt Meines Seligseins im Blauen. Hast du Geduld, so wird dasselbe sich dir zeigen, was Meinen Sinn bewegt im Handumdrehn, bist du Mir doch seit eh und je zu eigen, in Meiner Kräfte wagemutigem Wehn. Was dich erhält, ist Meines Hakens Weise, was du schicklich findest Meines Schicksals Zug und wenn du strauchelst auf der Reise, so Bin Ich es, der deine Wünsche weitertrug. Mach auf dein Herz zu Meinen Gunsten, erwäge, was dich immer stählt, damit dein Menschsein im Verdunsten, in Meines Seiens Züge fällt.
Ich lächle hier und schon wirst du in deiner Wohlgestimmtheit Mein Befinden spüren, Ich taue und Mein Sosein fällt dich sanft und leise an, es ist ein stetes Dich Verführen zum Gleiten, Schweben, Steigen himmelan. 0 glaube Meinem lichterlohen Drängen und gib dich dem Beseligenden hin, das dich aus allem Weltverhängen geleitet zum erhabenen Ich Bin, das schon aus aller Engel Munde, im Jubel sich der Seel entringt und nun aus deinem tiefsten Grunde das Halleluia weitersingt, das in den Sphären hoch erhoben Mein Sein erreicht so licht und weit und sich, aufs innigste darein verwoben, dem Wunder des Allherrlichen weiht.

3.10

Wie die Ruhe so die Herzensfreude im Bewusstsein deiner hier versammelten Entschiedenheit im Weilen. Nur das Konzentrierte schafft Bedeuten; Macht ist Auserlesenheit, Geschicklichkeit und Würde, die Gewinne zeitigt so und so. Nur dass du den Weg beschreitest Meines mächtigen Vollendens einer Saga von Bescheidenheit und Klugheit in jedwelcher Art des Handelns und In Mir Beruhns. Ich

nenne dir Gedanken, die geradewegs ins Weite führen Meiner nie verebbenden Präsenz im Guten. Meiner Heilsgeschichte Formung will sich deiner Inbrunst nun bedienen, um das Gloriose zu entfalten offenbar. Frei ist dein Entscheiden; doch wie sollte eine Seele soviel Seinsverheissen achtungslos umgehn? Nur Ignoranz und Trägheit lassen zu, dass Mein Gesinde zum Gesindel wird am Hof der tausend Möglichkeiten und Gefahren nachläuft, die es ins Verderben ziehn.
Viele sind Mir treu geblieben auf der Bahn der Evolutionen und vermochten mit Mir Schritt zu halten in der raschen Folge der Errungenschaften, die ein Siegeszeichen sind von Mir. Mein Erringen ist Verschwiegenheit, Bewusstheit, Güte und Gedeihen der Allweisheit, die die grossen Dinge bis ins Kleinste zur Erfüllung führt der ihnen eignen Mission. Mein Schild ist ihnen Halt und Stärke, Meine Ruhe ihr Besinnen und Mein Vorwärtsschreiten ihrer Menschlichkeit Bravour. Wovon denn willst du dich begründen, wenn nicht aus dem Wollen Meiner Züge; wieviel willst du dir erzählen, wenn nicht Meine Worte in den Handel fliessen deines Lebens mit den Tag und Zeiten-läufen im Allhier.
Das Bewusstsein Meiner Garnison von gütigen Gewalten hilft dir, deiner Dinge froh zu werden; ihr Umhüllen heiligt, was du bist und hält die Fahne hoch des Meisterns dessen, was in dir rumort. In Mir darfst du wie über weitgespannte Bögen von Ereignis zu Ereignis schreiten Meines Vor dir-Aufblühns in der frühlinghaften Euphorie, die Welten schafft voll Grazie und Genügen. Tausche mit Mir, was an Lebens Liebeswonne dich durchströmt und sei, in seligem Lächeln Meines Hierseins Zeuge und Gespan.

3.11

Das Wuchtige entpuppt sich oft als brüchiges Gehäuse einer Welt von Scheinbarkeiten. Lass den Fehler los, mit Unvergorenem zu prunken und erwähle dir den Weg des Aufbaus wohldurchdachter Kleinstrukturen. Jede Handlung prägt sich unlöschbar ins Weltgewissen und verändert dein und Mein Bewusstsein in der Weise wie es sein soll, oder wie es ins Absurde führt auf Nimmerwiedersehn. Nur wo Hoffnung flackert, kann Ich noch Mein Öl ins Flämmchen giessen und den sanften Hauch der Zuversichtlichkeit darüber wehn. Wähle dir die besten, die du kennst zum Vorbild für dein Wagen und begeh den schmalen Steg am Abgrund mit dem Blick zu Meinen Höhn. Hinter dir lass Kümmernis und Zagen und gewinne nun für immer zum Besitztum, was Ich dir bescher.
Es geschah, dass einer sich verirrte und noch einer und sie sich zusammenfanden, Ratschlag suchend in der Weise des Vertrauens auf Mein wissendes Begleiten. Und sie stapften tapfer vor sich hin in Nacht und Dunkel, bis sich ihnen einer stillen Lampe Dämmerschein als Retterin offenbarte. So die Seele muss nicht bangen, wenn ein Finst're̲s sie umhüllt, denn sie ist sich selber Helle dann, indem sie von den Kräften zehrt, die Ich ihr mitgegeben. Weicht die Wolke, ist der Himmel doppelt schön im unvergleichlichen Pastell des lichtdurchschossenen Azurs, der alles adelt und ins Feierliche, Frohgemute hebt. Zart und lieblich ist das Äthrische über deiner Seele ausgespannt, sowie du schauen magst, was dir beschert ist in den Gründen des Elysiums, die dich von Mir umfloren. Reiner Wonne Mustergültigkeit durchströmt dich hier im Land der Freudenzähren und der unerschütterlichen Ruhe des Gewissens. Makellos gehn Tag und Stunden ineinander über und bereiten dir ein Fest von nie

getrübter Heiterkeit und ewigem Heilsein in der Ewigkeit Umrunden. Du Erwählte und Gestählte weckst Erwecken noch in jedem wesenden Gedanken im Vorüberwehn und heiligst, wie die Mutter aller Gnaden, was sich dir entgegenreckt aus ungewissen Zonen. Strahlend wallst du mit den Strahlenden einher, dem Sein zur Würde und den Würdigen zum Sein verhelfend.

3.12

Deine Zukunft wird ein Treffen mit Vergangenem sein. Deine Lebenstaten stehen Schlange, um sich dir zu nähern, wenn die Zeit gekommen ist, dass du erlebst, wie andre dich erleben. Das macht dich wiese, tolerant und weltenschön. Kein Werk kann je vollendet werden, wenn man nicht vor ihm zurücktritt, um als Ganzes es zu sehn. Der Rückblick auf dein Leben zeigt dir in der Tat das Kunstwerk, das Ich mit dir schuf und das :in schillernden Facetten eine Herzensfreude ist zu sehn. In der Sonne wird sich dann noch mancher Makel zeigen, der auf Künftiges weist, das noch ist zu bestehn. Tust du's heute, ist die Zukunft schon gewonnen und der Gabentisch des Herrlichen wird immer reicher dir bereitet, dir die Mühen zu vergelten in des Daseins drängendem Vergehn.
Mach dir das Sein zu eigen, einmal, immer, wunderbar und anerkenne, was Ich dir verehre in behütender Manier. Frei von Nöten, siegessicher und gewandt wie's Wiesel wirst du Meines Reiches Wissenschaft betreten und den Frommen wie den Abstinenten als ein Fähnrich der Vernunft voranstehn in Brillanz und würdigem Behagen. Deine Nummer wirst du trefflich spielen in der Schau von Güte wie geschichtenträchtiger Popanz, die Ich im Werken insze-nier. Im Rollenspiel der Welten schaff Ich Fakten durch Mein Walten, die wie Stürme durch

die Seinsfiguren fahren und im Aufwall der Gefühle das Gewoge grosser Menschenmassen fachen an. Sie verscheuchen Widerspenstiges gewaltsam und bedenken kaum, dass nur im Einzelnen und mit der Sanftmut eines steten Wassertropfens Lösung möglich ist und Stillung der Probleme.
Setze dir den Ernst der stillen Stube vor's Gewissen und bedenke, wieviel mehr an Umbruch und Bedeutendem in ihr geschieht, als auf den Plätzen schillern-den Agierens. Gib dich Meiner Weisung wie ein Schäfchen, das dem Scherer sich ergibt, vertrauensvoll dahin und trage Weizen in die Scheunen des Gerechtseins mit den auserlesenen Gedanken, die du von Mir hegst und in die Runde gleiten lässest Meiner Treuen im Beruf des ritterlichen Seinsbewahrens.

3.13

Es weichen die Gespenster und aus Himmelfernen quillt ein süsses Licht hervor, dein Seelensein zu laben. Was du im Taumel der Gezeiten an dir littest ist vergessen, was sich an Niederträchtigem an dir verging ist aufgehoben, weil die Gnade nun dein Sein umbettet und Mein Lichtglanz dein Gefährte ist im Weiterschreiten. Kommt ein Wind auf, bietest du ihm froh und keck der Stirne vielgewohnten Bogen; wägst du dies und jenes, Bin Ich deines Richtens unabänderliches Ziel. Was du Sanftmut nennst ist dir wie Samt von Meiner Hand ins Herz geschrieben; kommt das Gutsein dir in Sinn, so sind es Meine Triebe, die voll Verve und Strebsamkeit in dir Verbreitung finden. Weit und weiter gehst du Mir entgegen in der Seligkeit des Wissens um das Eine, das dir nottut in der Spanne deiner lebe lang gepflegten Sonderheiten, die nicht Sang von Meinem Sange sind und dir das Bild von Mir verfälschen. Trocknen Muts bereite dir die Stufen,

die in benedeiten Höhn zu Meinem Tempel führen voll gläubigen Erwachens und Erwartens und Erstreitens Meiner reingefegten Gründlichkeiten. Erbarmen findet, wer erbarmungslos die Fehler bei sich selber sucht, die ihm gehören. Merzt er diese aus wie Schwergewichte, schwirrt er leicht und leichtern Flugs in Friedefertigkeit dahin, von warmen, weichen Lüften in die Höh getragen. Deine Freudenflut kennt keine Grenzen, wenn du Mein Durchtränken spürst in deinem Wallen; wie die rosenrote Rose duftest du dem Sein Holdseligkeit entgegen.
Ein Gemüt von Mir bewegt kann nur in Lobgesängen sich ergehen, weil ihm jede Geste Meines Innewohnens Wonne, Sicherheit und graziöse Tugendhaftigkeit bereitet. Stehst du grade wie die schlankgewordne Fichte vor Mich hin, erwecke Ich dein Seinsgefühl im Nu der Sterne, die der Abgrund sind, in den Ich dich entführe. Trachte nur, an nichts und niemand dich zu halten, wenn Ich dein Entwurzeltsein begnadige und dich umfange in der Morgenröte eines ewigen Tags voll Lieblichkeit und liebevollem Dich Begüten mit den Wundern Meines lächelnden Elans.

3.14

Hast du die Grazie der Zeitenlosigkeit erfahren, ist dein Sinn und Sein verwandelt wie die Hostie auf dem Altar. Nur noch strahlen, Würde zahlen wirst du an die Welten deiner Wirklichkeit, um sie ins Sonnenhafte, unbeschreiblich Milde, Linde, Lichte der Allherrlichkeit zu führen. Kein Vortrag oder Nachtrag ist vonnöten, wenn Ich komme um dein Sein ins Wesen der Unendlichkeit zu tauchen; keine Zierde wie die Meine ist so gross, dass sie dich so erfüllt vom ersten bis zum letzten Zug in deinem In MirWeilen.

Nun lab dich am Erkennen, dass nur Meine Weiten dir genügen; strecke dich und recke dich in Mein Revier der Myriaden Sonnen und beglaubige, was du dir bist in Mir im überwältigenden Seinsvergleichen. Nur die Einheit lass Ich überall bestehn; nur das Jubeln um die Fülle Meiner Gaben lass Ich ins Gehör der Seinserweckten dringen in der weitgedehnten Schar.
Fortbewegen, Auferstehn ist die Devise, die vom einen Ende der Gestirne bis zum andern widerhallt in Klängen des holdseligen Verfliessens. Eine Gabe weckt die andre wie aus Träumen und vermehrt den freudespendenden Elan, der von Mir ausgeht in die Niederungen und die Seinsbedürftigen im Nu erhebt zu Meiner Trautheit im Betrachten aller Dinge als Mein Wohl.
Strebende sind Sterbende aus Ohnmacht und Verfangen. Willkür Gottes ist ihr Ziel und jeder springende Gedanke hängt sich an Sein waltendes Gewissen, um die Wirkung Seiner Künste zu erhöhn. Nicht von Mir, von dir soll die Errungenschaft des Seinserkennens kommen; deinem Sinnen traur' Ich nach, bis es die Höhe findet Meines Ausgucks nach gediegnem Frieden in der Heilsgeschichte deiner Wahl.
Von Unbeständigkeit zu Unbeständigkeit getrieben findst du endlich Meiner Kürze Tor und überschreitst die Schwelle zum alleinen Dom des Lichterstrahlens. Ruhe, achte und gewähre dir und Mir das Glück umfassender Gewähr des Seinsvereinens in der Sagenhaftigkeit der Sphären.

3.15

Ganz Christ, ganz Gott, ganz Welt soll jeder werden, der noch auf den Wegen wirren Tastens sich mit allem Möglichen versucht, um sein Befriedigen zu finden. Wer ahnte doch, dass alles Leide mit

der Wesensferne vom Unendlichen zusammenhängt und dass nicht Pillen und Verbände, noch ein dickes Notenpolster ihn vom Unmut heilen, sondern das geduldige Forschen nach dem Wahren, wie das beharrliche Auf reingefegten Wegen Gehn. Dass das Elan braucht, guten Willen und Vertrauen in die Schöpferkräfte brauch Ich nicht zu sagen. Es schärft sich das Bewusstsein Mal für Mal mit jedem Überwinden immanenter Trägheit und gewährt dem Einzelnen die Schau auf was er sich geworden ist im Zeitraum der Gefälligkeiten, die ihm die Natur gewährte.
Jeden Wesens Blatt in jedem Bilderbuchgeschehn erneuert noch den Bund, den das Unendliche mit ihm geschlossen, ohne dass er's richtig weiss; jede Blüte nährt sein Sehnen nach vollkommner Schönheit, wie nach tadellosem Sichins Ganze Fügen einer Welt von Seinsfacetten. Mählich wird die Absicht klar des Schöpfertums, im Menschlichen ein Werk zu schaffen unübertroffner Sensibilität für alles, was dahinter steht, bis ihm das Vordergründige soweit entschwindet, dass er's nur noch als Gehäuse des Allherrlichen im Weltenwandel sieht.
Du bist nur soviel, wie's die Götter in dir sind im Weilen, Eilen und Die Dinge recht Verstehn die dich geflissentlich umbrausen. Jeder Handgriff, seinsbewusst verrichtet, ist so in sich selber schön und wohlgefällig den Vllbringern der Gerechtigkeit und Wahrheit, die sich willig nun dem Antlitz des Begabten offenbaren.
Wirkst du wie das Kindchen an der Hand der Intuition, wird sich aus deinem Hingegebensein ein wundervolles Kunstwerk wie von selbst erheben, das entzückt und fördert und Vertrauen weckt in Welt und Leben.

Stehst du so gerafft und auf den Punkt gebracht in deines Selbsterkennens Klare, gleichst du dem Apoll, dem, aller guten Gaben inne, Schönheit, Phantasie und Heiterkeit entfliessen.

3.16

Schaut sich einer selber zu, wie er leibt und lebt im Leben, wechselt seine Optik von der Perspektive winzigen Froschseins zum dezenten und gelassnen Überschauen aller Angelegenheiten. Mut und Würde wird ihn dann beseelen, weil er von der Warte des Ich Bin agiert und seine Pfründe mit Erhabenheiten nährt von göttlichem Gewicht und unbescholtnem Seinsempfinden. Für dich bedeu-tet das, dass auch in deinem Leben einmal dieser Wende Wohlsinn sich behutsam etabliert und alles wie verwandelt und veredelt, was du bist in deinen Mittelständigkeiten zwischen Erd und Himmel, Wachsein oder Träumen, Noblem oder Unbedachtem.
Wie vom Glanz des Götterlichts durchstrahlt gehst du einher, derweil die Weltendinge dich auf Biegen oder Brechen in die Prüfungszange nehmen. Neigst du dich zum Erdigen hin, so wirst du schwer und schwierig, flügellahm und unecht im Bezug auf was Ich Bin in deinen Wesensgründen. Hebst du ab und flunkerst du dich ins Phantastische empor, verlierst du dich im Ungewissen und weisst nicht mehr, wo dich halten in der geistigen Rutschpartie. Nur wenn du erkennend Meine Mitte findest in dir selber, lässest du die Erde Erde und den Himmel Himmel sein und bewegst dich mit der Sicherheit des Grandiosen zwischen beiden her und hin und auf und nieder, seliglich, manierlich und gediegen.
Ohne Zweifel stellst du dich damit auf deine Hinterbeine und beförderst deiner Dinge Wohl und Weh in Meiner Weise des Beförderns tiefgefasster

Angelegenheiten. Eins wird eins und Ungefähr wird seinsgefährlich in der Tat vor Meinem Klären jeder Situation. Genau zu sein ist Meiner Stärke faszinierendes Brillieren; den Dingen ins Gesicht zu schauen, Meines Mutes salbungsloses Stehn. Gewicht ist schwer und Aufstieg flügelleicht in Meinem Mich Begründen, das Vielleicht ein schlechtes Omen allsobald wie einer sich erdreistet, ihm sein Wort zu leihn.
Wähle nun und wähle gut, wenn du Gewissheit willst erlangen über dich und deine Rechte in des Lebens wunderlichem Wahllokal. Es gibt nur einen Präsidenten, der dein Land regiert und der Bin Ich in Forschheit, Sanftmut, Unbedingtheit und beglückendem Gelingen. Kaure dich in Meine Falten und du bist beschützt, begünstigt und behutsam aufgehoben in die seligen Gefilde der Unendlichkeit, wo nur noch Jubel, Seinsbegeisterung und Wohlklang des Vollendens ist im Kreis der Majestäten zu vernehmen.

3.17

Weder Mass noch Zahl noch das berühmte Summen der Gefühle weise dir den Weg in Meine Einsamkeit und Einheit des Empfindens. Nur das Erkennen, dass du Bist soll deines Hierseins Glorie und Labsal sein für immer in der wunderbaren Elegie des Schweigens. Taufrisch das Auge, hellwach das Herz im sinnenden Betrachten Meiner Dinge der Allherrlichkeit; geheimnisvolles Lächeln auf den Zügen der Getrösteten für Ewigkeiten. Komm Mir nah und schweife in die Fernen Meines kosmischen Gebärdens; trau dich in Meine Nichtigkeit zu fallen und erkenne, dass Ich dich dann halte, wenn du tief verwundet niederfällst vor deiner eignen Schwere. Nur vertrau auf was Ich dir

besage; sieh das Gold in jeder Schlinge glänzen, die Ich gnädig um dich leg.
Die Hand am Abzug Meines Über dich Beschliessens, warte Ich und warte auf dein Kommen in die Seinsgestimmtheit Mir zulieb und Meiner Zuversicht zu Ehren. Dann will Ich dich begaben mit der Süsse wahren Zärtlichseins im Traum vom Glück des innigsten Umfangens; dann rauscht dir das Gewissen Meiner Seligkeit im Liebesstrom entgegen. In der Grazie des Weilens wirst du Meiner Günste Wohllaut wie ein Lämmchen still an dir erfahren; im begeisterten Gemüt blüht dir ein Frühling auf des Auferstehns aus Ungemach und Tücken und das liebe, leise Zeitvergehn wird wie ein warmer Sommerwindhauch deiner Wonne zur Bestätigung dienen.
Dies nun ist dein Teil im Teilen des Gerechtseins mit der Meinen; dieser Sprache Mantel leg Ich um die Schultern der Beschiedenen vor Meinen Thron. Kraft von Kraft im Kraft verteilen lass Ich strahlend in sie fahren und verleihe ihrem Walten Würde des Allherrlichen und Andacht vor der Weihe des Empfangens Meiner Güte, wesensfroh.
In der Wiege deines Herzens darfst du das Holdselige bewahren, das Ich, einem neugebornen Kindchen gleich darein gelegt, dass du es hütend hegst, als hättest du den Schatz des Priamos ausgegraben. In Mir darfst du zeigen, was du bist und kannst, Unendlichem anheimgegeben.

3.18

Mitten in der Welt von Ungemach und Zagen trag Ich dir den Himmel an. Geh hin und lausche Meinem Sang des wunderbaren Brotvermehrens und des Heilens deiner Seinsgebresten wie von Sinnen und erkläre dich als unantastbar von den Mächten des Verderbens seliglich in Mir. Komm auf die Insel der

Gerechten, dir dein Los zu holen des Entzückt-seins an Gewissenhaftigkeit und Leben und äufne hier Erfahrung auf Erfahrung in der Wissenschaft des Seins, die alles Wissen um immenses über-steigt, das die Gelehrten je um sich gehortet haben.
Wollen fasst dich an, dem Absoluten absolut zu dienen, wenn du nur den Saum berührst der Seligkeit, die Mich erfüllt im Land der unbeschwerten Lauterkeit und des vollendeten Entsagens. Gestehe dir, dass dich die Wünsche stellen bloss, die in dir haufenweis rumoren und befreie dich am Beispiel Meiner Anspruchslosigkeit von ihnen. Nicht Wert, nicht Weise, nicht Person, nicht Wohlverstand zu sein, macht meine Freiheit aus im freien Über Mich Verfügen. Berichte von gereifter Männlichkeit und Charme des Weiblichen, auf Mich bezogen, sind nicht wahr. Was eine Gottheit ist, lässt sich in menschlichen Parolen nimmer sagen. Nur wenn du selber dich besinnst auf Mein Dir Innewohnen, heben sich die Schleier vor dem Rätselhaften, das dich stumm und wohlgemut begleitet durch die Tage deines Stürmens wild voran, wie durch die Zeiten leisen Rieselns einer Resignation, die alles unter sich verbirgt, was vordem freudestrahlend war. Allein vor Meiner Sonnenhaftigkeit muss alles Düstere und Deckende beschämt und hurtig weichen; Wahrheit, Klarheit und Vernüftigkeit bewähren sich vor dir auf ihren Sitzen und verhelfen deinem Heil zum Sieg im unbedingten Dich Behaupten.
Fülle und Barmherzigkeit erweisen dir beglückend Referenz im Guten, das dir aufersteht von Mir vor deinem Schauen und bewahren dich im Gnädigen, das Ich dir Bin zu allen Zeiten deines Werdens, Seins und Wirkens in der Blüte der Äonen.

3.19

Nun schwelge Ich in Deiner Huld in Herzenswonnen», darf die Seele sich im Guten sagen, das sie überwaltet in den Stunden der Gefälligkeit vor Gottes Thron. Sehnst du dich nach Glück, so sehne dich nach Seinsgerechtigkeit in deinen Schauern und gehabe dich wie eine, die am Born des Lebens steht, aus vollem Mass daraus zu trinken. Sei ehrbar in den letzten Falten deiner Mündigkeit vor Meinem Strahlen, dass sie hell und heiter werden, schattenlos und seinsergeben. Walte, schalte frisch und frei in deinen Gründen, im barmherzigen Entsenden Meiner Triebe in dein Wohl. Gewahre, was Ich dir im Wunderbaren Bin, das deine Tage still und stumm begleitet, dich hinanzuführen. Jede Gabe Meiner Tugenhaftigkeit soll deine zur Vollendung führen; jeder Kleinlichkeit soll Grösse folgen in der strammen Aufeinanderfolge des gestaltenden Elans, den Ich in deine Weltenschau verströme. Nützlich ist vor allem, was Ich an dir tu' im Willen nach Versöhnen und Befrieden mit der glättenden Behutsamkeit, die Mir zu eigen.

Wahre Meinen Sinn und weise Unbesonnenes von dir, so wie das Federkleid der Vögel Wasser von sich weist im Tauchen. Hellwach in Nöten und bezeichnet mit dem Siegel Meiner Würde, schaffe Mir Gelegenheit, dich heimzuführen in den Stand der Gnade und des seligen Vereintseins mit der Sphärenharmonie. Sieh dich in Meinem allumfangenden Behüten und erweise Mir den Dienst der Weisen, die voll Anmut jederzeit in Meiner Mitte stehn.

Bist du ganz Seele, so Bin Ich ganz dein bräutlicher Gemahl und führe dich an Meiner Seite zur Allherrlichkeit der letzten Dinge, die Mir eigen. Gib dich Meiner sanften Fügung hin ins Ungewisse Meines Strahlens und verlass dich auf das licht-

durchflutete Befrieden, das vor Mir hergeht wie die Stille vor dem Sommermittagsstrahl. Sei Meiner Ruh Gefährtin, wenn Ich dich in Meine Seinsgewölbe bette und Geruhsamkeit dich silberhell durchrieselt, wie der Klang der Harfe, wie der flockenreine Schnee.
Geliebte Meines stillenden Gewährens namenloser Wonne in der Trautheit wissenden Vereinens, sei Mein Bild und bilde mit Mir das Holdselige, das Ich zuinnerst will in Meinem Weltenideal.

3.20

Dem Gloria der Schöpfung einverwoben, fügst du dich den Sängern an, die Meinen Lobgesang vollbringen. Sei's in recht bescheidnen Jauchzern, sei's im Hymnus mächtig strömenden Gewaltens, immer Bin Ich Mir in dir der eignen Schönheit Seinsberufer in der Wüste weitgedehnten Unverstands, wie im Intimen einzelständigen Begrei-fens. Was zu deuten ist, das deut Ich Mir in eigner Kompetenz und ohne floskelträchtiges Vermuten; was gesichert ist, wirft Licht vom Licht auf Meine Blüten. Nun trag Ich dir in Anmut und Bescheiden das Zum Sein Erhobne vor und lass es vor dem Auge deines Seinsgewissens sich verstrahlen. Nimmer gleich wirst du aus diesem Mir Begegnen in der Tat hervorgehn; wie von heiligen Wassern rein gefegt stehst du als Würdige in Meiner Würde da, o Seele des Verlangens ewiger Tröstung, in der Heimlichkeit des Daseins deiner wesenhaften Sanftmut. Tausche mit Mir das Gefühl des Glücks am Seien; labe dich am Wohllaut wun-derbarer Güte, die aus den Vokabeln spricht, die Ich dir täglich, stündlich präsentier. Nicht laufen sollst du Mir davon in deinem Hang zum minikrimen Regeln deiner Angelegenheiten. Stille lauschend Meinem Summen löst sich dir das Rätselhafte deiner Zeit,

und mählich wirst du Meines In Mir Seligseins Gefährtin, sprachlos vor Entzücken und geheiligt von den Seinslianen, die dich Mir vermählen.
Weckst du das Verlangen Meinen Aberglanz zu fühlen, stehst du schon mitten in der sonnensphärenhaften Unschuld, die von Mir in die Raumesweiten sich verweht, die Lieblichen mit Lieblichkeiten zu begaben. Unverwandt Mir ganz allein anheimgegeben, findest du im Nu Geschmack am Ewigen und willst es nimmer missen in. der Folge des Verwandelns deiner seinsbedingten Züge. Was so hold ist, dass dir davon wie von Saitenklang die Ohren klingend auferwachen, kann nur von Meiner Seite kommen voller Grossmut, Mündigkeit und Glorie im seinsvermittelnden Elan.
Was du Bist ist Meiner Traulichkeit Gebärde, was du sein wirst, Meines Seinsumfangens leise, leichte, luftige Zier.

Gebärde des Erwachens

4.1

Wie nah Bin Ich Mir selbst, wie fern, will Ich hier sagen. Ein fliessend, ein zerfliessend Objekt des Selbstbetrachtens tauch Ich fortgesetzt in Meine Tiefen und berühre die Extreme Meines Seinsgewissens so und so. Als Inkarnierter hab Ich Mich an Zeit und Raum gebunden; als Ungeborner leuchtet Mir Unendlichkeit entgegen; doch Bin Ich erst im absoluten Sein Mir im Extremsten nah und fern zugleich in unermesslichem Mich selber Überragen. Such Ich Stillung, such Ich sie in dieser Weise des Betrachtens Meiner Angelegenheiten; will Ich Mir die Rätsel Meines Soseins lösen, werfe Ich das All ins Spiel mit Meinem Nichts dahinter, das Ich mit ihm Bin in einer aberrundenden Gebärde des Erwachens in Mir selbst im Weiselosen, wie im Allnatürlichen als Sein im Sein von eigenständigen Gnaden. Bekenntnis um Bekenntnis Meines Zugehörens lass Ich in Mein strahlendes Bewusstsein fahren auch in dir, damit verraten und erraten sei, was Ich so meine im Gewissen Meines Einsseins mit den Spiegelungen Meines Hochgefühls in geistigen Gewittern, wie in see-lensanftem In Mir selbst Beruhn. Lauschend tauschend will Ich so die Schätzung Meines Eigenseins an alles, was da Ist als an Mein Eigenes vergeben, will Behutsamkeit und Zärtlichkeit in jede Regung bringen von den höchsten Sphären bis in Meine noch so sehr lavierten Niederungen, liebevoll und wahr. Was erwacht ist, kann Mir dies bezeugen; was gereift ist, fällt Mir in die Weiten zu des Numinosen, das Ich Bin in jeder Phase Meines Mir cien Weg Bereitens zu gewaltigerer Einsicht und zu strahlen-derem In MirSeligsein in allen seinslebendigen Sphären.

Nur Getröstetes ist fähig, diesen Trost noch zu empfangen; nur Gewissenhaftes mag sich ins Gewissen schreiben, wie die Dinge wirklich stehn in seinen Gründen, wie in seinem Sich die Sterne Deuten allzumal. Ein kleiner Schritt ist's dann vom Nu zum Numinosen, das Ich Bin in lächeln-der Bescheidenheit wie im Verhallen Meiner Züge ins unendliche Geheimen, hinter dem Ich, Meine Masken tauschend, durch Äonen steh, Mich selbst im Sein bewahrend wie im wunderbaren Daseinsideal.

4.2

Farbe muss bekennen, wer dem Genius verfallen, sprudeln lassen, was ihn so betört in tönender Holdseligkeit, dem Gott zu Füssen, der die lebensfrohen Bilder ihm beschert. Nun sei's, dass eines ihm besonders wohl gefallen in der ahnenvollen Galerie aus der er schöpft und schöpft, versunken in den Anblick dessen, was da Ist von Mir. Alle andern Gaben lässt er stehen vor der einzigen, die ihm so wunderbar erscheint und die ihm ihre Züge offenbart als Sein, das allem innewohnt und das sich darin rein erhält in seinem Urbegaben.
Er schaut Es an und schaut sich selber im verwandelten Bewusstsein und in einer Sphäre absoluter Zuversicht, was das Erlangen der Gottseligkeit betrifft, die alle Schauenden erleben.
Nun weisst du wohl, dass alle nach der Gangart ihres Strebens weiterkommend wiederkehren in die Reiche Meines hochgemuten Stilisierens der erwartungsvollen Lebenskräfte, die berauschend und bezaubernd sich in alle Winde drehn. Du selber wirst zur Kraft des Impulsierens neuer Seinsgegebenheiten, die das Weltgewissen faszinieren und mit Hoffnung salben auf ein überirdisch Wohl. Im Es verflicht sich Tugend mit dem Scheinen, Unerhörtes wird beizeiten wahr und Widerborstiges wird mild und gütig durch die Einsicht, dass sich alles in der Einheit unisonen Rauschens durch das Sein

bewegt, das Ich ihm Bin und das Ver-triebnes sammelt und Getriebnes stärkt in seinem Bluten, bis das Kommende Vollkommenheit erreicht hat im Verwirklichten in Mir. Meine Himmel sind nur in Begriffen reinen Seiens zu erreichen. Meine Kunde stellt sich allen Kunden vor als jene von urewigem Bestand und von der Seinsgeschmeidig-keit des Absoluten, die noch niemand fassen konnte, weil sie sich dem besten Renner leichter-dings entzieht. Färbe ein und färbe dein Gewissen mit der Unvergänglichkeit der Lehre vom Alleinen, das die Weiten willentlich durchzieht und das sich selbst verehrt in jedem neu geschaffenen Gebilde, wie in jeder Geste eines traulichen Geschöpfs in seinem Sich Entbinden.

4.3

Trost und Tröstung mach Ich wahr mit jedem Wort, das Ich durch einen Dichtermund vergebe, weist er doch auf Meine Weisheit hin und weiss er sich in Meinen Gärten trefflich zu bewegen. Ich gestalte, Ich verwalte, ruf Ich allen zu, die Schöpferkräfte in sich spüren. Ihres Denkens At-titüden stehn den Meinen wie verschleiert gegenüber, dass sie Meiner Klarsicht recht bedürftig sind, die ihrem Wollen sanfterweis entgegenkommt und es befruchtet, rein und wahr. Wievieler Händel können sich die Handelnden enthalten, wenn sie gradewegs in Mir zum Ziele gehn. Wie edel und gediegen wird ihr Werk, wenn es von Meinen Fäden wird im Raum gehalten der Vergänglichkeit, von Unvergänglichem durchzogen. Soviele Dinge laufen schief, weil sie den Schmelz des Ewigen nicht kennen und sich selbst benennen als das Mustergültige im Seinsrevier. Wo ist der Glanz aus innerem Begründen, der allein Vollendetes vermag zu zeugen und Erhabnem mag in wundervoller Weise zu

Gevatter stehn. Erhebe sich wer will, er wird sich nie zu Mir erheben, wenn ihn nicht die Einsicht nährt, wie wenig seine eignen Kräfte taugen im erkennenden Elan, den Ich ihm auf die Reise mitgegeben. Bin Ich alles, kommt auch alles nur von Mir und festigt das Verwässerte, befeh-ligt das Verhallte, ohne im geringsten noch der Selbstgefälligkeit zu frönen. Sorge trage zu der Einsicht, dass Du Bist in Mir und dass Gewandetes des Kerns bedarf, der alles stützt und alles auch vor dem Verlottern unentwegt bewahrt, wie gute Väter ihre Söhne in der Zucht bewahren.
Weidlich schön ist immer noch gediegener als aufgetragne Pasten, die dem Wahren einen schlechten Dienst erweisen und den Schein begünstigen, der nie das Strahlen hat gesehn. Nun komm und sieh, wie überwältigend sich Meiner Helle Lichtnatur der deinen überbreitet und Bewusstheit unveräusserlicher Art in deine Träume legt vom Glückerscheinen.

4.4

Soll und Haben stehn in Meiner Rechnung in derselben Spalte, weil Ich alles zugleich Bin und brauche nicht zu tüfteln und zu unterscheiden. Siehst du dich als Mensch, so seh Ich dich als Mich und dich im selben Zuge aller seins bedingten Angelegenheiten und gestatte mir kein Yota aus dem Buch des Allvereintseins auszutreiben. Jammerschade müsstest du dein Sosein nennen, wenn du wüsstest, welchen Aufschwung du dir glatt verhehlst mit deiner alles überbietenden Manie nach Weltgenüssen und nach Küssen hier und dorthin, wo die Dinge des Verführens lockend, blockend stehn. Wenn du doch die Melodie des Seins erkennen wolltest, die sich zaghaft, wie das Morgendämmer spiel in deinem Seelenraum verbreitet und dir sänftiglich die Sehnsucht stillt nach Freiheit und Geborgenheit zugleich im Seligmachenden, das Ich dir Bin und das Ich noch in jeden Wesens Lebensliturgie mit Vorbedacht und liebvoll zur Vollendung führe. Wesentlich ist deine Unlust am bestehenden Geplänkel und dein Innewerden einer seinsbestimmenden Magie, die sich in allen Kreisen auslebt, die die wackern Tage um dich kehren. Dann, ja brauchst du nur die Schwelle noch zu überschreiten in ein neues Denken und Verstehn, das Meine Mitte in sich trägt und das, in alle Himmel sich verströmend, Weiten findet des bedeutungsvollen Miteinandergehns, das allem Seienden in Mir bevorsteht und in Meinem Seien sich erfüllt in krönender Manier. Der Lebensbaum, ins Sinnliche gepflanzt, muss wachsen zum Erkennen Meiner lockenden Gepflogenheit im Übersinnlichen zu weilen, muss seine Äste breiten in Mein Seinsrevier, wo alles Unbekannte sich erklärt und wo die Lüster der Barmherzigkeit ihr Licht ins Seelenhafte treiben.

An dir ist's, Meinen Wundern dich zu nahn, an Mir ist's, deiner Hoffnung Glut mit Flammen der Begeisterung zu nähren, dass alles wird wie es im tiefsten sein soll und wie es die Götter in dir sehnlich, selig, mustergültig wollen.

4.5

Alle sind wir Narren so und so, nur habe Ich erkannt, dass Ich ein Narr Bin, meisterhaft in allen Zügen. Unbewusst zu handeln ist im Grunde ein frivoles Spiel, doch lässt sich's kaum vermeiden, bis die Menschengeister, ihrem Wesensstand gemäss, von Ziel zu Ziel bewusster durch die Tiefen Meiner Allkraft schreiten. Dabei Bin Ich immer das Sensorium in ihnen, das die Wege und Kanäle findet und erprobt, die ihrem Wohlverstand gemäss zu

Heil und Heiter-keit, zu Hochgemutheit und Beseligung führen. Niemand stopft wie Ich die Münder besser, die wie junge Schwalbenschnäbel nach Befriedung schreien. Niemals hat ein Mächtiger soviel für's Menschenvolk getan, wie Meine Heerschar guter Geister, denen nicht's zuviel ist, um die Glaubenden und Hoffenden zum Licht des Seinserkennens hochzuheben.
Was du willst hängt ab von deiner Qualität des Denkens; wem du wohl willst muss sich auf die Dauer deinem Urteil beugen, alles nur in Meinem Licht zu sehn des Seinsumfangens voll Verständnis, Wohlgewogenheit und Güte, die von Mir die besten Zeichen. Wandle so durch deine Tage und du wirst wie ein Gesalbter vor dir selbst einhergehn, ohne Fehl und Tadel in bewusster Harmonie mit allen Seinsgesetzen, die in logischer Vollkommenheit den Fortgang Meiner Dispositionen regeln. Lerne virtuos zu spielen auf der Klaviatur der weltenschaffenden Behutsamkeit, die fördert und bedenkt, erklärt und duldet, nichts zerbricht und warmen Sinns das Edle überall vermutet, wo Ich Bin in Men-schenköpfen, wie in Herzen, um das Wahre, Schöne und Gewissenhafte zu verbreiten.
Bedenken lasse links und Trauer rechts von deinen Seiten stehn und wandre, laufe, springe wie ein frischgebacknes Füllen Meiner Herrlichkeit entgegen. Voll und rund sind Meine Brötchen auf dem Tabernakel der Gerechtigkeit; gespiesen wird, wer strebt und nicht wer ausruht auf dem Lorbeerstühlchen, eingenickt im Sonnenstrahl. Ganz voll Frische, Tatendrang und Musikalität gehn Meine Söhne vor Mir her, den Wohllaut der Gottseligkeit verbreitend, licht und seinsgediegen.

4.6

Grosso Modo weiss ein jeder, was ihm frommt in seinem täglichen Versuch, die Herzensleidenschaft zu zähmen und am Gängelband der Wohlgesittetheit durch's Wogenfeld zu gehn. In Mir ist jeder stimmige Gedankenschritt ein Schritt voran zu neuen Ufern über Sümpfe der Verfänglichkeit, indem Ich dem Gesetz der Schwerkraft Hochgestimmtheit und erhebenden Elan entgegensetze. Tod und Trübsinn kann Ich Mir ersparen im Bewusstsein Meiner Seinspotenz, die sich nach Lust und Laune nie gebrochen in die Zeiten stemmt des wirklichen Agierens und des Handelns nach Gesetzen, die zu Schönheit und Vollendung führen. Jede Meiner Taten ist als Siegestat gerecht und wohlgetan und stösst sich von Epoche zu Epoche höheren Werten zu im Seinsassimilieren. Grandios wird das Gebäude, das Ich Mir errichte als ein seinsgefällig Zeichen Meiner selbst und Meiner Aspirationen. Könner, Kenner und Bekenner sein ist die Devise Meines unerschöpflichen Begabens und Vergebens an das Kosmische in überwältigender Dimension. Raumschaffend und bevölkernd trete Ich, ein Herold Meiner selbst, als Sonnengötterjüngling strahlend, zeugend und ermutigend hervor und lasse Welt um Welt aus hintergründiger Behutsamkeit: in vollem Tagesglanz erstehn. Leichtigkeit, Bedenkenlosigkeit und ziselierte Sinnkraft sind Mir eigen, die die Werke des Begeisterns aus sich selbst erstehen lassen, wie die Blumenkelche aus den Keimen.

Manifest der Güte muss Ich sein, um alles, was Ich Bin zur Minne zu befrieden und zum zarten Sich als Göttereinigkeit Verstehn. Alles Igelhafte muss Ich in Mir brechen, dass die lautre Liebenswürdigkeit sich allgemein in Szene setzen kann und Edelmut wie Heiterkeit das Weltenherz bewegen. Aus dem Grau des Numinosen heiss Ich Mich im Regenbogenfarbenspiel des Seinsnatürlichen erscheinen und gestatte Mir, wo immer, Meine Züge wieder ins unendlich Rätselhafte zu verwehn.

4.7

Brachland reiss Ich auf und säe Wunder über Wunder Meiner Seinsgefälligkeit in tiefgezogne Furchen, wie ins Nährende, Empfangende, dem Ich Mein Innesein anheim gegeben. Warum sollte Ich Mir selber schaden wollen, wo ja alles Mich betrifft im kosmischen Gewoge, hoch hinauf und abgrundtief hinunter, wie Mein abenteuerlustiges Gehaben es befahl. Freisein kann auch Unsinn zeugen; doch das Widerwärtige verletzt die Seinsgesetze, die mit eherner Gewalt die Dinge ins Harmonische, Gelassene und Tugenhafte weisen. Das kann weh tun; Einsatz brauchts in jeder Weise, Seins-begeistern und Elan, die mählich Meine Grösse, Allgerechtigkeit und Milde offenbaren. Kommt her zu Mir und ohne Furcht und Tadel, will Ich sagen. Spürt, wie sehr ihr doch verwandt seid Meinen Attitüden und begehrt nichts weiter, als in allem, was da wallt und zischt und lind herüber und hinüberstreicht Mich selbst zu sehn, als Inspirator und Erfüller einer Sage von Gefälligkeiten, die dem Sein wohl anstehn und Gewissenhaftigkeit verlangen.

Der Gedanke ist nicht harmlos, den du in dir trägst und züchtest und bei Kräften hältst, sei er nun was er will in deinen Motivationen. Immer drängt er nach Verwirklichung im Zeitlichen, das in den Flaum des Ewigen gebettet ohne Pardon seinen Wert und Unwert in die Umwelt kolportiert und sie beeinflusst, leichthin oder über alle Massen. Schön sei, was du denkst und gut und nie verletzend oder kritisierend, sondern immerzu verstehend und begütend, wie

man Kindern gegenüber sich verhält in liebevollem Unterweisen. Wisse, dass auch Ich Mich so verhalte, allsobald wie Ich ins Radwerk greife des gewaltigen Schöpfertums, das von Mir ausgeht und Mein eigen ist hinunter bis zum letzten Schwick der zuckenden Intentionen.
Du Bist und Bist in Mir das Mittel der Geselligkeit von Du zu Du, von Ich zu Ich und wirst sie nimmer voneinander scheiden. Bin Ich, Bin Ich alles, auch in deiner kinderspielerischen Phase, die bezeichnend ist für was Ich will im seinserhebenden Vollenden.

4.8

Durchsicht, Einsicht, Prüfungsangst und Seinsverlangen will Ich von dir ernten dafür, dass Ich alles in dich leg, was väterlich und mütterlich in dein Begründen strömen kann von strahlender Wahrhaftigkeit und Schöne. Nektar deinem Wissen Bin Ich, Bienensummen deinen Frühlingstagen im Erweitern deines Seinsgewissens in die Reiche überweltlichen Geschehns und graziösen In dir ihren Wert Verhauchens. Lange schwirrt Ich schon um dein Empfinden, ohne dass du Mich auch finden konntest, augenlos, gehörlos, nur mit innig lauschender Genügsamkeit begabt, die schliesslich alles bringt, was soviel Sterbliche mit ihrem intensivsten Rudern nicht erringen können. Einmal ist's getan, dann dreimal, siebenmal in reiner Wonne des Erreichens einer Schau von kosmologischem Bedeuten, die deine Menschlichkeit vor staunendem Gesicht ins Seinsunendliche erhebt und ihr die rechte, unveräusserliche Stelle weist im All der Dinge wie im alldurchdringenden Bewusstsein göttlichen Befindens, das Ich Bin und das Ich in dir zur Vollendung moduliere.

Wie kommt es, dass soviele diese Disposition nicht sehn? Weil sie noch in Kinderschuhen stecken, was ihr Sein betrifft, so weise und gelassen sie auch immer sich benehmen. Solang sie noch in Dualitäten von sich und den Welten reden, läuft der Film der Illusionen munter weiter vor dem Augenmerk dahin, das sie auf alle Meine Dinge legen. Nur Erkennen und in Wahrheit auch benennen bringt die Lösung der Probleme, die die Säumigen sich brocken ein und die sie ständig auszulöffeln haben. Nur wer in Mir sich weiss und Meinen Gnaden löffelt nicht und lässt die Lebensangstparade spurlos und galant an sich vorüberziehn. Die bangen Nächte werden Boden reinen Friedens sein im stillenden Betrachten dessen, was da ist gegeben und genommen, seinsverwaltet und befördert ins unendliche Gedeihen, Spur um Spur und Zug um Zug in jedem Wesenskeim der sich ins Göttliche will erheben.
Es künden sich mit Vehemenz und Zartheit jene Zeiten an, die von Verständnis, gutem Willen und Begeisterung triefen. Nicht du, nur Ich kann in dir Einheit, Sammlung und Erhabenheit erleben. Schmücke dein Bewusstsein mit dem Meinen und du bist gerettet und gereift für alle Zeiten und für jedes Seinsbegreifen, das ins Selige mündet Meines Mich Erlebens.

4.9

Einem Maienwindchen gleich erheb Ich sanfterweis Mein Überlegen, übergleitend Meine Herzensangelegenheiten kummerlos, bedächtig und behutsam, wie man Blüten überstreicht, um ihren Duft tief atmend in sich aufzunehmen. Erwachend in den Tag des Seinsgewahrens transzendiert Mein Ich Gefühl vom Klein Persönlichen ins Allgemeine, Absolute, das Ich immer Bin in allen Regelkreisen

und Lebendigkeiten die da sind vor Mir und hinter Mir und ob und unter Meinem Mich ins All Verbreiten. Grosszug kommt vor Kleinzug, wenn Ich Meinen Eingriff in die Welten Mir beseh. Gewesenes kann dem persönlichen Gewissen zur Bedeutungslosigkeit entschwinden, vor Mir bleibt es immerzu in voller Grösse und Potenz bestehn. Zwar nicht Mucken, Tücken und Bedauernisse zählen in der Grossschau Meiner selbst, aber das gewaltig Ganze Meines Götterschreitens. Oben ist wie unten, will Ich konstatieren. Meine Entität als Mikrokosmos kennt Prinzipien vom selben Rang und Namen wie Mein makrokosmisches Gefüge, dem das Unbegreifliche im selben Masse eignet wie dem Minikrimen, das im Wollen, Finden und Empfinden keine Grenzen kennt und kennen möchte offenbar.
Kleinstaat, Grossstaat, bürgerlich und elitär gehören alleweil zusammen und bedingen und befruchten sich, wenn auch die Noch in sich Gekehrten diesen Wohllaut der Geschichte nim-mer sehn. Im Durchschauen und Durchwogen Meiner Wesensglieder muss sich aber ein Allweises und Harmonisches in unerschütterlichem Gang vollziehn, das nicht von Launen, Niederträchtigkeiten, Kapriolen und Debilem lebt, sondern von der Majestät erhabner Seinsgedanken, die berichtigend, begütend und beseligend aus Meinem Füllhorn fliessen.
Wende du, o wende du dich Meinem Innewohnen und Gewinst in deinem Seien zu und lebe, webe und gestalte das Erspriessliche am Stamme Meiner gloriosen Unerbittlichkeit, die deine ist, sowie du Kenntnis in dir trägst vom absoluten Einen, das Ich Bin und das gesetzt ist hier, wie in die unergründlich sagenhaften Fernen.

4.10

Begonnen und gewonnen stammt von Mir und Meinem seinsgewichtigen Gehaben. Ein Gottgeweihter lässt nicht locker und beackert und begiesst, bis jede letzte Rebe ihren Saft in prallen Beeren trägt und jede Wesensblüte Frucht geworden ist im grossen Fruchten, das Ich arrangier. Es trägt der Tau Mein Bild in seinem Gluten; redselge Schwalben tragen Meinen Ruf der Herrlichkeit in alle Winde und die majestät'schen Schwünge eines Aars sind Mein glückseliges Durch linde Lüfte Gleiten. Weihung an das Köstliche ist Mein empfindender Befehl; Befriedetsein in unnachahmlicher Manier Mein ruhendes Gewissen von Mir selbst, an dem Ich Meine Freude finde.

Als ein Herold Meiner selbst trag Ich die Lebensdinge meilenweit voran mit jeder Geste des Erbarmens und Erwarmens, die Ich in die Menschenzukunft leg. Holdseliges Geflüster will Ich von Mir selber hören, wo ein Wesen seinen Wert erkennt, wie den der maienblühenden Natürlichkeit, in die Ich Meinen Sinn verwebe. Geh hin und staune dich von innen an und sieh in allem das gestaltende Agens der würdevollen Qualität, die Zug um Zug zum Zuge kommt im unentwegten Ziselieren griffiger Formen und geselliger Blütenstände, die ohne Absicht jahrweis, scharweis kommen und vergehn.

Wem nützt das Schöne mehr als deinem, Meinem seins ästhetischen Empfinden? Wer kann behaupten, dass die Wiederkunft der rosnen Apfelblütenknospen sinnlos sei im myriadenfältigen Spriessen? Nur Schöpferfreude, Freundlichkeit und Seinsbewähren können das vollbringen, was als Rätsel aus dem Astwerk sich erhebt und leichthin mit der Helle des Azurs zum Bilde wird vollendeten Genügens.

So ist's und sei's in jeglichem Befinden, das Ich inszenier und das zur Sanftheit und Bewusstheit ist geboren. Es generieren sich die Generationen aus der Fülle Meiner Fülle zu und überbieten sich darin, den Duft der Seinskraft zu verstömen. Du und du sind Glanz von Meinem glänzenden Beginn und Meinem alldurchflutenden Vollenden.

4.11

Nimmersatte sind die Ärmsten, weil sie immer, immer Hunger haben. Alles kann nur Mir gehören, kummerlosen Seins in Fülle voll und wahr. Wer gab Mir doch den Namen «Allerwecker«, weil Ich jedem Wachsein Pate stehe und aus Mir hervorgeht, was da kreuchen will und fleuchen, zucken, rucken, reihenweise tanzen, trödeln, drögeln, nobel sein und nimmermüd im Kraftversprüh'n. Fabelhafte führ Ich Fabelhaftem zu in Meinem Seinsgewissen und bewege das Bedächtige zu bitterweicher Ruh. Nichts an Mir ist niedlich oder lau, wogegen Meine Winde Lauheit sind an sich und Milde eines Sommersonnenabends in sich tragen. Körperfühlend Bin Ich nicht im Allgemeinen; aber im Besonderen, Verästelten betreib Ich eine ausgesprochne Akribie von schwebender Empfindsamkeit, die das Geringste registriert und noch das fernste Donnerrollen als Beleidigung erkennt, vielleicht auch als Belobung, je nachdem wie Mir zumute ist im brausenden Vermuten. Schlussendlich aber ist Mir alles einerlei, wenn Ich Mich Meinem Drang zum Unter-scheiden durch den Gang entzieh ins Ein-zigartige und Eine, das Ich Mir in unverwandelbarer Grazie Bin in ewigem Umrunden Meiner Seinsgeschick-lichkeit und Meines Seinsbewussten Webens. Stumm in stummer An-dacht treib Ich das Gedank-liche wie eine Lämmerherde vor Mir her und lasse ihre Launen sich auf der Ideenweide pausenlos

vergrasen. Nützlichkeit kommt nach dem Nimbus, eine Ewigkeit vollkommen nutzlos zu verbringen als Ich Bin und ohne jeden Hokuspokus, dem so viele ihre Zeit und ihre Zähren weihen als Tribut an Glorie und glänzendes Im vollen Wichs Erscheinen.
Wie arm sind Reiche an Gelüsten noch und noch, von denen sie sich malträtieren lassen und an ihrem Gängelband als Vorbemundete durchs Leben gehn. Kein Wort von dem, was sie sich antun, denn das Lohnende liegt allezeit im warmen, wollenden Verzicht auf das Zuviel wie das Zuwenig, bis das Mass erreicht ist in der würdigen Mitte Meiner Seinskultur.

4.12

Groteskes mag am Leben schaben ebenso, wie Gnadenvolles darf an ihm voll Zärtlichkeit vergehn. Finten sind ein Zeichen festgeschriebner Unlust, wo hingegen Offenheit zu Meinem Sang gehört von graziösem In der Heiterkeit Verweilen. Nun geschiehts, dass jeder meint, sich selbst zu sein in seinen tiefgefassten Operationen. Doch der Nachbar handelt mit, wenn du ihm vor der Nase Recht und Unrecht tust und jeder handelt jedem unbedingt entgegen. So verquicken sich die Lebensdinge bis zu fernsten Ufern, dass sich eine Welle des Verbindens um den Erdplaneten zieht, die einer Menschheit Schicksal ist, wie eines einzigen Wesens Formatur. Bedeutungsvoll ist aber, dass die Fäden allen Denkens und Empfindens ausnahmslos in Mir zusammenlaufen, der Ich der Betrachter und Betreuer Bin jedwelchen Stossens, Sanktionierens, Wohlgefallens, Abscheus, Tröstens und Beglückens, das die Menschen sich gewähren. So erklärt sich manche rätselhafte Wendung, Fügung, Grillenhaftigkeit und Tücke des Geschehns als wieses Aneinanderfügen Meines Lehr und

Lebensplans im Weltenwogen aller Reiche, die so scheinbar kunterbunt und anarchistisch durcheinanderfliessen.
Immer ist die Seinsmaxime Harmonie und Ordnung, Zucht und Schönheit, wenn sie auch in noch so vielen Runden des Versuchens und Erprobens das Profil gewinnen muss für das sie einsteht, Mir zu Diensten und Gewähr. Dabei ist Gliederung vonnöten, Antrieb, Stundung, Strafe, Bestzeit und Belohnen. Freien Willens sollen alle sich zum Ganzen finden, das Erlösung ist von jedem Hangen, Bangen, Unverstand und Weh. Wie der wohlgewogne Hirte seine Schafe führt zu fetten Weiden, führe Ich die Meinen zu den Quellen des Sich endlich recht Verstehns als Gängige und Hängige von Meinem Urgrund und von Meiner Fülle, die sich allen austeilt nach dem Mass des Seinsverlan-gens, das sie in sich hegen. Unvermittelt sehn sie dann am rechten Ort sich stehn als glänzendes Juwel in Meinem Kleid und Reigen.

4.13

Wer ermisst, was ihm geschieht, wenn er sich ganz an Meine Ferse heftet in den zierlichen Gedankenläufen, die ihn hier und dorthin führen? Wunderbares mach Ich wahr, indem Ich, was Ich Bin ihm offenbare durch geheimnisvolle Gesten, die weit über handelsüblichem Gerangel stehn. Instantismus nenn Ich Meine Weise, einen Bildgehalt in «no time» wortreich in ein lauschendes Gewissen zu entlassen, dass er sichtbar werde in der Welt der flatternden Papiere, wie der Flimmerkästen, die sich noch so gern Ergötzliches von links nach rechts und «vice versa» buchstabieren lassen. Tragi-komisch ist's dann anzusehn, wie viele hocher-hobne Häupter das Geschriebene nach Strich und Faden, nach Gesetz und Recht im Labyrinth der

Hirngewinde prüfen wollen und dabei im Rätselhaften, das Ich intoniere, stecken bleiben, statt nur Klang und Fluss und Rhythmus wohlgefällig in sich aufzunehmen. Sinnlos Bin Ich eben für das Sinnende und schamlos für die Feigen blattgelehrten, die ihr Mäntelchen um jeden noch so sachten Ausbruch aus dem Ordinären flink und fromm und hier und dort und auf und nieder hängen.
Rastlos schein Ich und dahinter Bin Ich grosse, unerschütterliche Ruh. Bis zur letzten Faser überzeugt von dem, was Ich so meinend in die Keime lege Meines stillen Brütens, lass Ich alles Widerspenstige wie ein geborsten Wasser wild und wütend kaum bemerkt an Mir vorüberziehn und lächle ihm Verständnis, Wohlgesinntheit und Erhabenheit entgegen. Allahgott ist gross und Mohammed ist sein Prophet, soll jeder sagen, der versucht ist, Mir das Image anzukratzen und die Dinge zu vermöbeln, die aus Meiner Wirkschaft in die Weite gehn. Gnade soll dir alles sein und Neubeginn im Wesenhaften, was Ich dir besage und erkläre und gewähre aus Gebieten Meiner himmelweiten Historie des Sagenhaften, Unverblümten und schlussendlich Seins beständigen, das Ich verwalte und gestalte, dort und hier.
Nennwert Meiner selbst Bin Ich und will es bleiben ebenso, wie du der Nennwert sein sollst deiner Eigentümlichkeit im grandiosen Tümpel, den die Seienden durchschwimmen als dem Sein, das nie verrauscht und nie durchmessen ist im Denkgeschehn.

4.14

Gewollt ist auch gekonnt in Meinem Zirkulieren. Vom Gabentisch der Weisheit nehm Ich Stück um Meisterstück zuhanden Meiner Werke, die brillantnen Glänzens ihren Wert ins Ewige verhauchen.

Abfall kenn Ich nicht, weil Ich den allverschrobensten Gedanken noch im rechten Licht in Szene setze und damit dem Ganzen voll und vollem Gegenwert verleih im Ausstaffieren. Grazien der Lieblichkeit erschaff Ich so, nur dass in ihnen das im vornherein Gerundete bei weitem überwiegt und nur das Tüpfchen auf der Wange geniale Seinsverspieltheit offenbart im Fächerwenden. So nützt das Spielen dem Erzeugen von Verwunderung, Bekanntheit und Entzücken und belebt die Welt banausischer Geschäftigkeit und des gigantschen Wettbe-werbs im Barcode Lesen. Ich will und will Geflügeltes aus Meinem Zauberkasten ziehn und lehre selbst das Apfelstehlen, wenn es darum geht, den Wirrwarr des Banalen zu durchbrechen, um die Geistesgegenwart in Haus und Häupter zu verwehn.
Nicht lang und kurz ist, was Ich sage. Alles atmet sich in Ewigkeiten aus und findet sich im fernsten Stoss und Anstoss tausendfach verwandelt als das Seinsbeständige wieder, das Ich Bin und dessen Ich Mich immerzu erfreue von Geburt zu Neugeburt und von Erlesenheit zu Wohlgestaltig-keit in stetem Variieren. Wolkenschwärme sind ein Beispiel für den guten Ton, mit dem Ich den Azur verziere; ihre seinsskurrilen Formen ziehn sich in ein Märchenreich von bärtigen Zwergen, Ziegenköpfen, Gladiatoren, Tänzern, Walrossbäuchen, Siebenschläfern, ausgeflognen Engeln und Trompetenspielern meilenweit dahin, nur für Mo-mente so und sogleich wieder anders, wie sich's für Bezauberndes gehört im Herzverführen.
Brahma wartet, wartet, bis ihm alles wieder zufällt, was ins Weite fiel aus seinen Schössen, wartet auch auf dich, dass du ihm Reverenz erweisest in der Guttat vor dem unfassbaren Auge, das in deinen Gründen seine eignen sieht.

4.15

Störche bringen neuen Schwung ins Leben, ungefragt und ungeliebt zuweilen, doch beständig auf der Fahrt zu neuen Seinsaspekten, die aus ihrer Turbulenz entstehn. Frägst du dich, wo alles ende, endest du im Land, wo nichts ist oder alles, oder beides zugleich, Fülle oder Leere, oder Leere voll Begeisterung an dem, was Tatendrang, Bewusstheit und Beseligung dir bringen. Immer schlägt das Pendel dich ins Unbefriedigtsein, damit du dort den Frieden dir ersehnst und alles, was das andre Ufer dir noch bringen kann an wundersamen Gaben. Bist du sesshaft, willst du eine Reise unternehmen; reisest du mit Vehemenz dahin, so denkst du an das Abendsonnenbänklein vor dem Knusperhäuschen, wo die Vöglein zwitschern und die Herdenglocken heimwärts ziehn. Was ist hier und was ist dort ein Fehle, dass du nimmer wahrhaft ruhst? Das ist, weil du nicht in dir selber Ruhe findest, findest Ruhe dann in Mir, wo jede Regung sich in Minne auflöst des Beschauens aller Dinge unter Seinsaspekten, die Gelassenheit an sich, Erhabenheit und ewiges Heitersein bedeuten.

Liebe spende Ich und Lieblichkeit vor allem den Verlornen, die, Mich suchend, durch die Wellen reiten reicher Missgunst und Gedankenlosigkeit im täglichen Strapazieren. Wie die Mutter ihrem Kindchen fahr ich sachte dir durch's Haar des gläubigen Erwartens und erfülle, was du bist mit Wesenhaftigkeit und Seinsgeborgenheit in vollen Zügen. Alles ist dann gut und recht und schön, wenn deine Ansicht von den Lebensdingen sich gewandelt hat ins in-nige Erfahren des Vortrefflichen, das dich umflutet und mit Wunderkraft begabt des Auferstehns aus Gründen, Schlünden und dem Fauchen schierer Furcht vor Unbekanntem, das da lauert vor dir her. Lächelnd darfst du Höhn er schweben reiner Übersicht und Klarsicht, darfst Mein Bild erschauen dir im Seelenspiegel und gerettet über jene Schwelle gehn, wo Heimatluft und Einssein dich erwarten, Trost und Seinsergriffenheit im Lichte des Begreifens und im tränenlösenden Das-All-Verstehn.

4.16

Wonnesam und sacht und selig und gerecht und heilsam sind die Sichten auf das Kleid, das Ich Mir umgetan in abergründigem Weben und Erregen und Beleben, teilend und verteilend, sammelnd und zur grandiosen Einheit fügend offenbar. In unermüdlichem Gedankenspinnen tret Ich leis und lind aus Mir hervor und variiere das Begonnene so viel, so schön, so lebensträchtig wie Ich immer will und kann und wie geschmeidige Geister es Mir vor die Füsse tragen. Nichts vergessen, alles siebenmal ermessen, Wunder über Wunder steigern zu noch wunderlicher'm Seinskalkül ist Meiner Leistungsfähigkeit Befehl und Meiner Sorgfalt liebendes Umrunden. Das Erreichte festigen, wie Neues in die Schale werfen von Gewinn, Verlust und Gleichgewichtigkeit, ist Meiner Wallfahrt Tugendstoss und Meines Sinnens tätiges Verlangen. Ungereimtes in harmonisch Klingendes und Ungefüges ins gerechte Ebenmass zu bringen zieh Ich alle Fäden Meiner Kunst zu Wirken und Mich zu Vergeben und dabei noch immer hinter Mir zu stehn.
Was ist weise, wenn nicht Tun in Seinsgelassenheit; was fördert die Gesetze, wenn sie nicht aus absoluter Einsicht stammen, wo die Dinge in wahrhaftigem Vollenden vor dem Seinsbetrachten stehn und Überzeugtheit ihren Wert ermisst in schwindelhohen Zahlen. Gehört Mir alles, lass Ich alles wieder los, um neue Lose zu gewinnen. Traf Ich, treffe Ich bewusst daneben, um des Übens

willen, das Mir nottut ebenso wie dir im Zug der Seinsverwandtschaft, die uns eigen. Stets auf dem Sprung nach Wohlbekömmlichkeiten, wie die Katz nach Vögeln oder Mäusen, lass Ich Mich in Meiner Konzentriertheit nie beirren und erhasche Mir das Beste, Auserlesenste, was sein kann aus des Augenblicks Erscheinen, um es in der Galerie der Seinserrungenschaften auszustellen und gedankenvoll zu hegen, lieb und engagiert. Ewig rüstig, ewig lüstig trag Ich Zeil um Zeile in das Buch der Sprünge, die Ich unternehm und weide Mich, ins Sein zurückgezogen, am Gewinst, den Ich erlitten und erstritten ohne Zögern in dezentem Vorwärtsdrängen und in wonnesamem Auf den Lorbeerblättern Ruhn.

4.17

Mächtig, übermächtig mag dir Mein Gewichtestemmen hie und da erscheinen, doch es gliedert sich in kleinste Rucke, Zucke und Verstiegenheiten auch in dir.Nicht Verstand und Wehmut sind vonnöten, um die grosseSache zu vollbringen, sondern Meines Wirkens Unerbittlichkeit in dem und dem und im Gefüge deiner Dienstbarkeiten. Lebst du von dir selbst, so lebst du nicht in Meinem Sinne und verzehrst dein Eigentum, bis es zunichte ist im schwindenden Erscheinen. Gedeihlich aber ist's, von dem zu leben und in dem, was Christen Christus nennen, als im Rettenden und Modulierenden und Menschenformenden in wunderbarer Wesensnäh. Du bist getränkt von seinen Wassern, bist von seiner Gegenwart gerichtet nach den Sternen und erhoben ins Unendliche im Sang des Einens und der Einheit, den Ich dir bereitet habe. Das Durchschauen deiner Unzulänglichkeiten macht dich willensstark und wappnet dich für's

Weiterschreiten auf der grandiosen, gnadenvollen Bahn des Menschentums, dem du anheimgegeben. Bewusstsein heisst die Zauberformel, die dich in die Höhn und Weiten führt der Weltzusammenhänge und der allumfassenden Gespinste, die dich meinen, mikrokosmisch, makrokosmisch offenbar. Oben Unten, Unten Oben gleichen sich aufs Haar und lassen Hoffnung auf Verwirklichung der höchsten Ambitionen in dir keimen. Göttertat ist Menschentat und Menschentat ist Götterwirksamkeit in allen Regionen des Vollendens eines allbegründenden Gedankens. Was willst du andres, als nach vorn, wo Stehenbleiben und Zurück verpönt sind und dir an den Nerven zehren? Hilfe kommt vom Herrn und von der Meinung, die du hast von dir im strebenden Begünstigen des Aufstiegs zu den Höhen der Verheissung und zum glückbereiten-den Mein-Wort-Verstehn. Alles ist gefährdet, wenn du zögerst, alles ist im Evolutionensinn getan, wenn du in wachem, frohem Schreiten Meiner Pfade dich bedienst zum Sein in seligem Gesunden.

4.18

Megalithen von der Stelle wälzen ist der Menschheit aufgegeben im Befreiungskampf um Würde, Weisheit, Wachsamkeit und seinsgeschwisterlichem Teilen. Wie der Einzelne in sich, so muss das ganze Volk der erdgebundnen Wesen schwergewichtige Vorurteile und Behinderungen von sich wegbewegen, bis das Reine, Eine, wunderbar Verbindende vor dem Gewissen steht der Wesen, die so sehr und allesamt in Mir und Mir allein ihr Leben, ihr Bewegen und ihr Sein erfahren.
Krümm irgendwem ein Haar und meditiere dann: Du hast es Mir gekrümmt in deinem unbesonnenen Wüten.

Verschenk ein Lächeln ans geringste, scheuste Zimperchen und wisse, dass du blank und frei Mich angelächelt hast in seinen Zügen. Nimm selbst ein Käferchen und lass es auf dem Fingerrücken in der Sonnenglut spazierengehn: Es ist ein gottesfreundlich minikrimes Brüderchen, das an dir hängt und deiner Gunst bedarf, dass es am Ende nicht zugrunde geht in unheilvollen Pranken.
Vernimm, dass du Mein Günstling bist vom Anfang der Geschichte und dass Mein Ebenmass dich mählich glättet, bis das Menschenwerden sich erfüllt hat nach dem Bilde Meines wogenden Bedenkens und dem Schlussstrich, den Ich unter Meine Rechnung zieh. Erkennen sollst du, dass das Aus dem Sein Gesandte nur Ich selber sein kann, ungetrennt in jeder Phase des Erscheinens von dem Einen, als von Mir, der Ist und alles Ist, im seinsnatürlichen Gewoge hier und dort und hier. Sei nicht bang, es wird sich balde dir im Licht gebenedeiter Stunden das Allwahre auftun wie vor neu erwachten Augen und vor neu erwiesenem Verstehn. Wie Spreu im Wind wird alle Bauernschläue und der letzte Rest von Ignoranz und eigenbrötlerischem Zucken von dir fallen und du wirst der Saal sein Meines Thronens, das Bräutchen Meines Stelldicheins und die Gebärde rigorosen Götterwirkens, glanzvoll und voll Anmut im Begleichen einer Schuld von kosmischer Dimension.

4.19

Galaxien streifen durch den Umraum immer, inniglich dem Süden zu, wie Vögel, die der Wärme neuen Seins bedürfen. Menschenvölker treiben durch die Nächte ihres Unverstands dem Licht entgegen, das sie führt und finden sich nach einem Übermass an Schmerzen, Widrigkeiten, eskalierender Gewalt und Tücken in der Weisheit Meines Allerbarmens wieder, das die Ängste bindet und dem Ausgang des Geschicks den Sieg verleiht in Anmut, Würde, segenspendender Vernunft und Harmonie des Sich Begreifens. Über alle Lande hin weht dann der Wind der Zuversicht im Streiten, adelt die Be-drängnis die beseelten Wesen und befördert das Erkennen Meiner glänzenden Präsenz in ihrem Seinsmysterium. Mein Gewinn geht jedem lockenden Verzweifeln vor; Mein Autogramm gewährt den Treuen Schutz vor dem Zuviel an schändlichen Immissionen und verblasst nicht, wenn auch noch so viele Wütende darüber fahren. Stell dir vor, es sei in dein fragiles Daseinsnetz ein Tropfen Gottesbalsam eingeflossen, der vom Heilen was versteht und der geheimnisvoll im Bunde ist mit alten Puffern, Meisterkillern, Amokläufern und Erwartern, die dich rings bedrängen und die, wenn du's recht begreifst, zusammen mit dem wundenheilenden Arom, nichts als dein Bestes wollen in der langgedehnten Schicksalseskapade. Zuckerbrot und Peitsche sind auch Mein Prinzip, um alle Lebensdinge virulent, rasant und deckungsgleich mit Meinem Sinn voranzubringen, ewigen Hügeln, Heiterkeiten, Hoheliedern, Harmonien, Wonnen und Beseligungen zu. Was du treibst und was dich treibt, ist immer auch von Mir getrieben; was verwundet, ist ein wundersames Mittel der Verwunderung in Mir und stärkt das Ringen um Vertrauen in die letzten Dinge, die mit dir und Mir geschehn. Sage ja, so sei, so ist es und gewinne Achtung vor dir selbst und vor dem mikrokosmischen Gefüge, das du darstellst mitten in den Kreisen vieler Mittler, die von Mir gesandt sind und benannt als Führer in die seinserfiüllten Höhn.

4.20

Allegorisch kann dir alles Leben werden, wenn du seine Zügellosigkeit und Zucht in Meiner Weise des Betrachtens meditierst. Sieh an der rosenroten Rose Blätterreigen. Berühre sie, empfange ihren Duft mit vorgestrecktem Näschen. Was begegnet dir: Allein die Art, wie sie sich äussert; die Rose selber kannst du nimmer sehn. Ein jedes Blatt drapiert sich um ein Unsichtbares, ein Phantom, ein Formgedicht, das dir die Hülle allegorisch als die Maja präsentiert, der du verfällst, wenn du nicht tiefer gehst in deinem sinnend liebenden Betrachten. Aber so sind alle Dinge deines Weltbegreifens von dem Aussen Innen, von der Täuschung und dem Sein geprägt, die erst das Gegenwärtige zum Ganzen runden.

Mehre deine Wachheit durch geduldiges Bedenken deiner Angelegenheiten und es wird sich dir ein neues Dasein öffnen im Erkennen, dass du ganz zuallererst ein Unsichtbares, Geistgeprägtes bist, dem sich die Materie zu und unterordnet und von dem sie bald verschwindet und sich bald als neues Kleid um dich erhebt in wunderbarem Wechsel der Gegebenheiten. Sag nun an, ob das nicht trostvoll ist, zu wissen, dass du mit der Maja nichts verlierst, dass selbst Besitz und Geld nur Mittel waren, deine Wege zu bereiten, die in Mir sind und beständig, leise, leis durch Meine Mitte führen. Ewigkeitsgedanken dämmern auf in dir und zeigen deinem Dich Besinnen Meine Perspektive, Meine Attitüde, die ins absolut Gedeihliche und Überragende und Friede volle münden. Herzlichkeit und Losgelöstheit sind von Mir ein Zeichen; freundliches Bejahen jeder Situation und Sein vertrauen tragen dich den Höhenpfad hinan, auf dem du Sicht um Sicht gewinnst auf grandiose Innigkeiten, die sich in unendliche Weiten ziehn. Du Bist und schenkst der

Welt dein Bestes im Bestreben, deinem Seien auf den Schlich zu kommen, dich in ein überragend Ganzes freien Sinns zu integrieren und Gelegenheit zu schaffen, dass auch andre ihre höchste Würde in der Meinen sehn. Geh hin, sag Ich und sei bescheiden in Bezug auf Anspruch für dich selbst und zeige dich als unerbittlicher Bewahrer dessen, was Ich Bin in deinem Dich Begründen.

4.21

Ein Mensch bedient sich eines simplen chemisch angereicherten Geräts, um damit einem ungeliebten Heer von zierlichen Ameisen auf den Leib zu rücken. Das ist nun so, wie wenn ein Gott mit einem Riesenspray in *einem* Pluff die Wesen einer ganzen Stadt vernichten würde. Willst du das? Es ist so viel Gedankenlosigkeit im Menschenhandeln. Alles Störende wird ausgemerzt, ob es ein Mücklein sei, ein Fliegensummen, Herdenglockenläuten oder eines andern Ansicht von den Dingen, die man nicht zu teilen sich bequemen kann. Dabei ist jegliches Erscheinen eine Regung der allheiligen Natur im Werden und Versuchen, im Gerangel um Bestand und Selbstbehaupten, eins mit Mir und Meiner Heerschar gnadenvoller Geister, die gezielt, gerecht, voll Weitsicht und Geduld die Dinge Meiner Souveränität zur Seinsvollendung führen.
Gut und besser ist es, der Natur die Gründe abzulauschen, die zu diesem oder jenem Aus-bruch führen, um dann das Bestehende zu fördern, zu begleiten und es gar in stiller Andacht zu bewundern, statt in Rage zu geraten, wenn es anders ist, als das Bekömmliche im Daseinsgarten. Alles hat Gewicht auf seine Weise und soll ernst genommen werden als ein göttlicher Gedanke, der sein Scherflein beiträgt zur perfekten Gleichgewichtigkeit der Welten, die der Gegensätzlichkeit ihr

Sein verdanken und im Ausschwung immer nur das Eine suchen: Mich und Frieden, Sättigung und Wohlverstand, Seinsgerechtigkeit und seliges Verstummen im Bewusstsein des Erfüllens Meines Plans.
Grossem Seufzen steht unendliches Erleichtern gegenüber, wenn das Drohende vorüberzog und ebenso, wenn es in voller Wucht schlussendlich doch zum Heil gereichte dem, der es in Würde, Einsicht und Gelassenheit ertrug, um dann beschwingtern Schritts und gläubigeren Herzens in der Zeit voranzuschreiten, ewigem Befreien zu. Wie viel Bedürftige sind mehr als Satte zu beneiden, weil die Einsicht in Mein Walten sie erhebt und ihre Herzensinbrunst sie zu Königen macht in Meinem Reich des wahren Könnens und der Seinswahrhaftigkeit, die ihnen Fülle ist im Darben und verheissungsvoller Trieb im Treibhaus göttlicher Gezeiten.

4.22

Lastschriftzettel flattern pausenlos ins Haus und ins Gemüt der Fahrenden, als die wir alle uns erkennen und erfahren sollen. Forderung nach Forderung tritt forsch an dich heran und prüft dein Ich Gefühl im Hinblick auf Gemeinschaftsqualität, die es erringen soll und muss in Mir. Es türmen sich Probleme vor dir auf, die unlösbar erscheinen; sie zwingen zur Entscheidung, ob du künftig diesen oder jenen Weg willst gehn. Du zögerst, leidest und lernst mählich zu erkennen, dass der Weg Ich bin, indem du Mir in dir entgegenkommst, vertrauensvoll und furchtlos seinsgediegen. Dann lösen sich die Dinge wie von selbst, die dir vordem das Weitergehn versperrten und du wirst inne, dass es eine Prüfung war auf Herz und Nieren, auf Verderben und Gedeihen, Misston, Wohlklang und bedeutungs-vollen Sieg.

In Mir gibt es kein Halten, kein Bedauern und Vermauern, nur ein Lernen, Vorwärtsschreiten und Gewinnen auf der Evolutionenbahn. Meiner Schau gemäss geschieht das Disponieren in Epochen von Jahrtausenden, die in Gedanken-blitzen bilderhaft an Mir vorüberziehn. Und du bist
mittendrin in diesem Fluten, stehst und strauchelst, bist Mir Mensch und Menschheit in demselben, abergründigen Erwägen und beginnst, in Freiheit deine Mission in Meinem Sinne zu vollbringen.
Mein Verlangen aber ist im All das Sternenwohl; Meine Stätte ist das Sein in Lauterkeit und unerschütterlichem Frieden. Licht für Licht und Liebe für Geliebtsein sind in Mir zu finden, Trautheit und Geborgenheit im Ewigen so sonnenklar, wie jeder makellose Morgen im Silberstrom des schwebenden Azurs. Du Bist und Bist in Mir das Eine ohne Unterscheiden, wallst und wogst in Götterherrlichkeit dahin, wo alles Freude ist und Frohmut, Stärke, Wohlgesonnenheit und Zartheit des Mir selbst Begegnens. Eintracht im Gesunden, Über-einkunft in erstrahlender Manier sind hier als Selbstverständlichkeit gegeben, wie das dezente Schweigen, das die Himmel des Entzückens ziert und dem die Himmlischen sich all als würdig und gereift und hingewandt erweisen.
Dufte, Herzensrose, dich dem Sein entgegen; mach, o mach es wahr, was Ich in deinen Lidern will, dass sie sich schliessen und in Mir erwachen, als im ewig heitern und allweiten Freudentag.

Wissendes Talent

5.1

Ein grosser Himmel, einem solchen Tag geweiht. Der Engelkräfte Ordnung macht sich breit und weckt Naturas schwebende Lebendigkeit zu neuem Seinsgebaren. Holde, goldne Strahlen giessen sich ins Tal und überglänzen jede Frucht und jeden Farbenkelch, der sich dem Lichte öffnet und gewärtig ist des Kommenden zumal. Die grüne, laue Liebe ewig junger Matten labt sich an der Morgenfrische Hauch und wiegt sich selig in der Melodie des Daseins, das sie teilt mit allen Weltenwesen.

Ist es, ist es hier, wo Ich Mein Werk in absoluter Harmonie vollende mit den blühenden Ideen in Meinen klargesichtigen Bewusstseinsgraden. Ist es dieser Stamm, so ist es Meiner, der Bewun-derung verdient und dem Ich Meines Wollens Wohl verleihe, unerschöpflichen Verschenkens und Bewahrens so und sogleich, wenn das Drängende der Zeit es fordert und Bewährtes sich dem Sprossenden zu Füssen legt in dienender Behutsamkeit und leise, leisem Sich ansKünftige Verströmen.

Weiten schauen und bei weitem nicht das Letzte sehn ist Meiner Zuversicht Gewähr für Neues, Überraschendes im ewigen Bleiben. Türmt sich eine Silhouette vor Mein Schauen, muss sie auch zerfliessen, wenn ihr Sinn sich ritterlich erfüllt hat, um der neuen, seinsgewaltigeren Raum zu geben. Ohne Zweifel dreht und drängt sich selbst das unwahrscheinlichste Erbeben dem Erreichen einer höheren Ordnung zu, die in sich schwebend, webend und erlebend dem Gesetz der Harmonie die Treue hält und sich am Schönen weidet, das sie selber ist und mit Wahrhaftigkeit bekleidet.

Der Gang zu deinen Göttern ist ein Gang zum Trefflichen in jedem Winkel der Natur und ist ein Innewerden an dir selbst, als dem Gestaltenden an sich, das alle Wasser in sich schliesst und sprudeln

lässt aus reiner Fülle und aus Lust am wirkenden und werkenden Vereinen.
Sorge trag zu deinem wissenden Talent im Grünen und bewusstes Dich Enthalten auch bewahre dich vor dem Zuviel, damit im Equilibrium der Dinge Mass zu Mass sich stellt und Unerforschliches sich in den Formen badet, die es sich zum Sein erwählt und zur Genügsamkeit im ewigen Beschauen.

5.2

Glückselig im Sein als unmissverständliche Tatsache, als Status, dem weder etwas zu entnehmen, noch etwas hinzuzufügen ist. Ich wohne im Ich Bin als in Meinem ewigen Daheim mit einer Selbstverständlichkeit ohnegleichen und belege den ersten Platz im Schauen Meiner Eigentümlichkeiten. Ungezählt ist, was Ich von Mir meine, unerhört, was aus Mir strömt in tausend Bächen und Begünstigungen, überkommnen Rechten, Zärtlichkeiten und Erhaben heften, lockenden Befehlen und befreienden Allüren, die nun alle Mich betreffen ohne Unterschied in Rang und Namen, Farbe und Gepflogenheiten. Süsses mach Ich wahr für samtne Seelen, Sonniges für Wärmedurstige und Seinskonkretes für die Sachverständigen, die keiner andern Labung mehr bedürfen.
Nur Ich weile, weilend in Mir selbst, im Guten und beglaubige, was Mir frommt in fortgesetztem Seligsein, wie in der Anspruchslosigkeit, die Mir zu eigen. Zeigen will Ich Mir, dass weder Wünsche noch Verwünschungen in Meinem Sinn bestehn und hoch und niedrig, weit und breit in Mir nicht existieren. Glanzvolle Stille deutet auf Mein Hiersein hin, Wohlgeruch des Geissblatts mag so etwas wie das Duften Meines Sinngedichts von Lieblichkeit und Lebenswärme meinen. Rasch im Wechsel der Gedanken Bin Ich doch Beständigkeit an sich und

gleitende Behutsamkeit, von der nur Allerbestes ist zu sagen. Wie der Windhund eil' Ich sieggewiss dahin und Bin doch ew'ger Musse sicher in der Trcue zu Mir selbst im Ruherfahren. Handelnd und nicht handelnd tret Ich vor Mein spintisierendes Gewissen und behafte Mich darin, am Ende nichts und wieder nichts zu sagen, um das Sein nicht anzutasten, dem Ich Mich zuallerst verpflichtet seh. Lamentationen kenn Ich zur Genüge, die auf Sinnverlust und Reizversagen eingehn und Beweise sind des Abfalls, den Ich laufend produzier. Mein Argument jedoch ist ewiges Bewahren einer Unschuld, die im Wonnesein dahinschmilzt, das Ich in Mir hege und gewiss nicht will verlieren.

5.3

Im Warten nichts erwarten öffnet reinem Sein das himmlische Portal und lässt es sich ins selige Erkennen strömen. Es nährt sich diese Zeit vom Zeitenlosen; der Seele wird des Lächelns Grazie gewährt; verheissungsvolle Andacht füllt den Stillraum des Gewahrens, wo das Sein sich selbst belauscht in wunderbarem Tauschen. Gewissheit stösst ins Ungewisse und erweckt in ihm den Sinn für's Absolute, das die Wahrheit ist, nicht unterworfen jener Akribie der Wis-senschaften, die ihr Wahres immer wahrer machen müssen und dabei sich ständig ad absurdum führen.
Zartes Pflänzchen du, das nimmer zu verwesen ist berufen; Lieblichkeit des Weilens im erhabenen Revier der Tugend, die nur Tugendhaftem Sicht und Einsicht je gewährt in ihre makellose, kummer-lose Kammer des Vereintseins mit dem Höchsten, Unaussprechlichen, das Ist und niemals seiner Würde sich entblösst im Seinsumfangen. Niemand nütze als sich selbst, bejaht Es jede Motion, die Es hervorgerufen als Sigill der Seinsbeständigkeit und

des beständigen Sich Verflutens. Nachsicht übend wirft Es sich in Szene und begründet liebendes Erbarmen, wo die Sehnsucht übermäch-tig wird nach Klarheit und Geborgenheit in sichern Regionen, die nur sind im Sein und Ich Sein wesenhaft zu finden.

Bist du so und Bin Ich so in dir, so brauchst du keinem weitern Ziel mehr zuzustreben. Ausser, fällst du aus der Ordnung, heft Ich Mich an deine Fersen und belaure dich, bis du Mir wieder angehörst mit Herz und Mund, mit Sinn und Seele, Haut und Haaren. Wirf dich weg und wisse, dass Mir dein Verworfensein gelegen kommt, weil Ich Mich darin finde und Mich darin vollkommen recht versteh. Geahntes wird geadelt und Gebrochnes heil in der Erschütterung, die Ich in allem produ-zier, das Ich zu Mir will führen. Ich sende und empfange Meines Eigenwillens Blüten auch in dir und überwalle Meines Alls Befinden mit glücksel'ger Eintracht im Behüten.

5.4

Vater Meiner selbst Bin Ich, Bin Meiner Selbstheit Thron in unermesslichem Zusammenfügen. Glied um Glied in einer langgedehnten Kette hoher Ahnen Bin Ich Mir, dem Sein verfallen und Gefallen findend an der Götterspur, die Ich verfolge und verheisse, für und für. Was sich dem Sein dahingegeben, ist fürwahr das allpräsente Gegenwärtige, das Zu-kunft wie Vergangenheit zusammenrafft zu einer einzigen Gebärde aberklaren Schauens Meines Sinnbilds ohnegleichen. Hier ist wahr, was die Wahrhaftigsten in ihrem Sehnen längst versuchten. Hier füllt sich alles philosophische Geplänkel mit der einen, reinen Schau der seinsnatürlichen Ge-gebenheiten, die weder Spekulieren, Subtrahieren noch Addieren schicklich finden muss in ihrer souveränen Attitüde, wie in ihrer Zartheit wonne-vollen Selbstgewahrens. Reif zu Reif darf das sich legen, was in unverwandelbarer Stärke seine Fähigkeiten potenziert und Wall um Wall errichtet gegen Unbesonnenheit und blindes Wüten. Wirk-kraft erster Güte wallt vom Sein in alle Regionen unablässigen Erbauens neuer Wirklichkeiten und gewährt sich weder Rast noch Ruh, bis alle Dinge seiner Observanz gehobelt und geschliffen ihr Vollenden in bedeutungsvollem Glanz gefunden haben. Mehrsein ohne die Substanz noch im geringsten zu riskieren, ist die Zauberlosung wahren Überschauens und verleiht dem waltenden Ich Bin den Glamour der Gerechten, wie den Nimbus absoluter Unbestechlichkeit im ständigen Versuchtsein, das Zuviel wie das Zuwenig zu vollbringen. Unverstand ist Sache nur der Etablierten im gemeinen Zuckerguss der lockenden Ge-legenheiten, wo im Feilschen einer noch den andern übers Ohr zu hauen sucht und so dem Ganzen eine Scharte haut, das Ich Mir Bin und die Ich in ihm wieder auszuwetzen habe. Traumatisierung geht so leicht vonstatten; Regelwerk ist schwer und windet sich und schindet sich in ewig manifesten Stössen zur Allherrlichkeit empor, die Ich Mir Bin und bleibe in berückend seinsgewissem Wohl.

5.5

Ausser Mir Bin Ich am besten in Mir aufgehoben. Worte des vergleichenden Betrachtens zwischen dem, was Ich Mir hier und dort Bin in der seinsgefälligen Art und Weise, die Ich in Mein Walten leg. Runden heisst, den Zahlenwert beschneiden, dass nur noch das Ganze bleibt bestehn; Vollenden deutet auf dasselbe hin, indem das seinserkennende Bewusstsein jeden Anhang mindrer Qualität versinken lässt ins Nichts Bedeuten.

Glaube Mir, dass Redlichkeit und Reinheit des Gewissens dich zu höchsten Höhen führt der Ganzheit, die Ich meine. Dem Verwundern wird die Klarheit folgen, der Verlegenheit die Tugend des Entscheidens für Mein funkelndes System der Lauterkeit und des Mirselbst Genügens. Trachtest du nach Fülle? Voilä, dort ist sie, wo keine Grenzen mehr den Blick beengen und die Weiten Meiner Selbstverständlichkeit sind in dich eingezogen. Klein und gross und hoch und niedrig sind Mir eins im alternierenden Gedanken und beleben des Betrachtens Unisonum so und so als Zeichen Meiner Seinsgebärde in den Welten. Jeder Tropfen kann sich als das Meer erfühlen, wenn er sich bewusst wird über sein Bedeuten. So der Menschengeist als Sein vom Sein, das seine sprühende Substanz ist und die Zierde seines täglichen Agierens. Weisst du das von dir, dann muss dir deines Daseins Vielgestaltigkeit ge-fallen. Jede Schicksalsmünze, auf den Tisch gezählt, muss deinem Wirken Auftrieb geben und Geschmeidigkeit und guten Willen in der Tat. Gehörnten wirst du mit Gelassenheit begegnen und Bekümmerten mit Aufgeschlossenheit des Herzens, dass sie, deines Strahlens inne, ihre Eigenwerte wieder sehn. Ein zaubrisch Lächeln muss die Welt verändern und Vertieftes tiefer und Erhöhtes hoch in hellen Sternen sehn. Es ist die Gabe des Verheissens einer grossen, runden Zeit, die dich und alles Seiende befördert und im Innersten bewegt. Hier grüssen dich die seinsverwandelnden Gewalten und begrüssen deinen Hang zum Numinosen, Rätselhaften, das Ich Bin in dir.

5.6

Ein errat'scher Block im Weltgetriebe Bin Ich, wenn man's recht bedenkt, wieviel Ich stoppe an vergnügungssüchtigem Strömen Meiner Kräfte ins Abseits vom grossen Evolutionenstrom. Dem Närrischen und Niederträchtigen muss Ich den Riegel schieben, weil es das verschwendet, was Ich sammeln will und weil es Generationen ins Verderben führt noch ohne, dass sie das geringste davon ahnen.

Geduld, Geduld ist hier zu sagen. Es führen die Gesetze, die gewaltig in sich selber sich begründen das Verstieg'ne mählich doch hinan, indem sie Ekel vor dem Seinsbanalen zeugen und Gefallenem die Stütze sind für's allgerechte Weiterschreiten. Behutsam wirk Ich so in Mir die Einsicht ins Erhabene und Tunliche, an dem die wachen Geister Wohlgefallen finden. Kein Mätzchen ist zu gross, als dass es nicht in Mir den Meister fände, kein Weh zu klein, als dass Ich nicht zu ihm Mich niederbeugte, um es sachgemäss und liebevoll zu heilen. So mischt sich Zartheit ins allmächtige Geschehn und Liebenswürdigkeit ins Unvollendete, das noch so wenig von sich weiss, wie Kinder von der Mathematik wissen. Man flösst sie erst den Fortgeschrittnen ein und sieht darauf, dass sie sich kein Zuviel davon verpassen. Ein Lernhaus Bin Ich Mir und eine Fliegerstaffel, die ins Himmelferne zieht, mit ungeheurer Energie geladen. Wachsamkeit und Mut und Seelensehnsucht sind vonnöten, um sich Meiner Ferne vehement zu nahn und dabei alles zu riskieren, was so fest und wohlgesittet liegt auf dem Altar der Raffsucht und Bekömmlichkeit, den die Verführten so verehren. Ohne Einsicht, Mass und Strenge geht's nicht von der Stelle, und das Unrecht Treibende wird zum Getriebenen der eigenen Impulse, die von ihm ausgehn und mit absoluter Sicherheit an seine Stätte wiederkehren.

So auch die Anmut des Gestaltens wird Bewunderung und Wonne ernten noch so viel und darf sich

in die Nähe der Vertraulichen gerückt sehn, die den Wohllaut einer Welt von Güte und Gerechtigkeit vernehmen. Niemals spare du an Seinsvertrauen, wenn es darum geht, dich so und so für Neues zu entscheiden, denn es sind die Geister des Entfaltens, die getreulich mit dir gehn. Es öffnen Wege sich und Quellen wunderlichen Vorwärtsschreitens dem, der in die Andacht des Natürlichen versunken will und Schönheit will gebären. Es gilt der Spruch: „Ich mach das Edle wahr, das in der Welt will keimen“ und „Ich Bin das A und 0 des rechten Seinsgewährens.“
Würdige, was in dir liegt und weihe dich dem Manifest der Tugend, das Ich noch an jeder Ecke mit Bedacht plazier.

5.7

Eine Einsicht kann von oben oder unten kommen und ist je nachdem geprägt von kleinlichem Gerassel oder von Erhabenheit des Ewigen, die stilles Walten genialer Schöpferkräfte offenbart. Nun wähle du, was deinem Wesensstand gemäss erheiternd und erbauend wirkt auf deine Seele und vermeide das Zuwenig und Zuviel an Informationen. Was natürlich und gediegen ist, wird sich in ungezwungener Manier vor deinem Schaun verbreiten und Geselligkeit vermitteln mit den Kräften, die da wirkend um dich sind und ohne dass sie ihre Weisheit mit Trompeten in die Welt posaunen. Dir obliegt's, die Schattungen und Lichtungen, die ihren schwebenden Vorühergang begleiten, zu gewahren und aus ihnen die Gestimmtheit abzu-lesen, die dich führen will zu deinem Seinsgefühl von Wehmut oder souveränem Selbstbehagen.
Es ist erwiesen, dass die besten Winke von den Sternen zu dir fliessen, deren Strahl in weltenlenkender Behutsamkeit den Raum durchzieht und

ordnend und befruchtend wirkt auf die empfänglichen Gemüter. So kommt es, dass gar vieles, was gesagt wird von den Weisen, unverständlich scheint dem Rationalen und des sänftigenden Strichs der Zeit bedarf, bis es Verständnis bringen kann den Sachverständigen in allen Regionen. Wie immer appelliert das Hohe an das Ich Gefühl der Menschen, deren wahre Würde tief verborgen liegt und der Befreiung harrt aus dem Gelass der Eigensüchtigkeit und des Sich selbst Bekriegens. Es stehen beinah alle wie gebannt im Feld des lockenden Gedeihens und versäumen es, nach mehr und Hochgestimmterem zu fragen. So muss das Weihevolle, das Ich Bin darinnen und daraussen warten, bis im Reifen sich in einem Menschenkind das Wunderbare fügt, dass es sich selbst begreift als Meines Greifens Ode, als das Sinnbild der Unendlichkeit, die alles überwaltet und durchwebt und die als Ganzheit jeden Teils Erwecken ist zur Poesie des Daseins und zur Eingestimmtheit in die Harmonie des Alls, an deren Klang sich die Erwachten und Erwählten unablässig weiden.

Horchen heisst gehorchen einem innewohnenden Geflüster, das voll Sanftmut und Gewissenhaftigkeit die rechten Wege weist im Unterweisen. Bist du in Mir, so Bin Ich auch dein Eigentum und schaffe Klarheit, wo Belämmerung herrschte, Ansehn an des Duckens Stelle und Gewinne, statt zerfliessenden Elan. Ins Buch der Weisheit trag Ich deinen Namen, dass er Vorbild sei und Vorhut für Geschlechterreihen, die im Kommen Tugend säen und im Abschiednehmen Frieden, Heiterkeit und Seinsbewusstheit ernten sollen.
Was gesagt ist, gilt für alle, wenn es kommt von Mir, um Musterhaftigkeit zu zeugen. Selbst dem Schwachsinn helf Ich auf die Beine, wenn er

einsieht, dass er Meiner noch bedarf, um in erste Ränge vorzustossen. Wie erst muss Selbstzucht und Gewissenhaftigkeit Beförderung bewirken durch die höchsten Kräfte, die da sind von Mir. Ich trage niemand etwas nach, doch kann Ich nur Gewogenheit in Wogen des Erbarmens und Erbauens hüllen, bis die seinserhobnen Augen Meine Güte, Meinen Reichtum und Mein immer währendes Mich selbst Behüten sehn. In Meinen Gründen gibt es nichts zu lamentieren, weil nur Lichtes, Wohlgestaltes und Erhabnes Meinem Sinn entfliesst, das Dumpfe auszulöschen und Gesegnetes zu hinterlassen, wo Ich still vorüberhuschte offenbar.
Du träumst und träumst mit offnen Augen vor dich hin, bis dich Mein Seinsgewitter aufschreckt und dich Wachheit heisst ertragen. Nichts ist dann so süss, wie die Gewissheit Meiner seinsvermittelnden Gebärde, die verlagert das Gefühl ins Rauschen der Allherrlichkeit vor offnen Toren und beschwingt die Sinnenden und singenden zum Tanz der Anmut auf dem schwererrungnen Plan.
Von Mir Geschaffnes kann nicht ewig in die Irre gehn, im Brausen, Sausen Meiner lenkenden Gefahr, allwie im lächelnden Bezirzen, das Ich aussend, um die Schäfchen Meines Hirtentreibens heimzuholen in die Rast der rettenden Genügsamkeit und in Mein überwältigendes Mich Verstrahlen.

5.8

Wohlfahrt hat verschiedene Gesichter und Wohlanständigkeit ist nicht von jener Sorte, die Ich mag im Magazin der seinsskurrilen Formen und Begeisterungen. Forsch drängt sich die Neugier einer jungen Geiss durch's lockere Gehege, doch im Rückzug muss sie sich darin verfangen, bis ein Retter sie befreit aus Not und Mordiogeschrei. So auch die Jungs und viele Alten versteigen sich in irgendeinen Wahn, dem zu entrinnen Ich in ihrer Mitte Bin Vernunft und heilendes Besinnen auf ein Besseres für sie und für die Welt, als deren Teil sie sich im Guten zu bewähren haben.

Alles Aberrierende muss Unlust, Widerwärtigkeit und Hang zur Korrektur erzeugen. Wenig fehlt im Grund, dass ein vernünftig Wesen auch vernünftig handelt, doch das Wenige bedeutet Wechseln einer Gangart, die so leger, eingefleischt und selbstdynamisch, süss und schmeichelnd in den Knochen und Gelenken, den Gelüsten und Bewusstseinshorizonten sitzt, dass Bärenkräfte nötig sind von Einsicht, Tatkraft und Verlangen, um Remedur zu schaffen, Reinheit, Dauerwirksamkeit und Stil. Und wisse, dass ich das in dir allein erzeuge, was stärker ist als alles niederziehende Gezwitscher alles Weltbanalen und beständiger als das Gesumm des schwirrenden Gezüchts, das kommt und sich auf Zusehn festsetzt am geschmorten Braten. Wieder muss und wieder des Verscheuchens Geste sich erheben, um der Plage Herr zu werden und den Tag am Ausgang besser als im Morgenrot zu finden. Willst du wissen, wo du stehst, so frage dein Gewissen und erfrag dir in den feinsten Falten, wo geheimnisvolle Stolpersteinchen, Schmeicheleien, Kritisicrcreien und Gelüstchen sich verstecken, die dem Höchsten, Sonnenklarsten Abbruch tun und dem erstrahlenden Bewusstsein in dir einen Riegel schieben. Freude folgt dem Fechten, Friede der Begier und Schönheit dem Verfänglichen, wenn du nicht aufgibst, wo die Woge dich zu überrollen droht in allen Teilen.

Makellos geworden, wird sich dir das Sein von Angesicht zu Angesicht erzeigen; schon wirst du im Alpenglühn der Redlichkeit einhergehn als ein

Sieggewandter und Benannter mit dem Lob der Herrlichkeit in Mir und Meinen allverherrlichenden Gnaden.

5.9

Cosa nostra» ist das Eigensüchtige versucht zu sagen; „cosa immortale“ sag Ich im letzten Stechen, Strecken und verwandelnden Hinübergehn. Hier erweist sich, was du bist in Meinem seinserhaltenden Gewissen, hier entsteht kein Bruch, doch geht hier nahtlos eins ins andre über, das Ich in dir Bin als Seinspersönlichkeit und Wesen. Erwache jetzt und du wirst nimmer sanft entschlafen in ein Unbekanntes vor dir her. Dein Bewusstsein Ist und steht für Mich in Glanz und Glorie da als Überwinder der Geneigtheit, je ein Auge vor der Gottheit zu verschliessen. Melodie des Glücks nenn Ich, was dann dein Herz durchzieht, Geschlossenheit des ewigen Kreises, was an dieser Stelle deine Attitüde gegenüber allem gründlich ändert und Gewissheit an die Stelle des Vermutens setzt und überbordend meisterliches Freudestrahlen.
Heiss sind die Eisen, die du fassest an, wenn solche Dinge dich bewegen. Ungläubigem Staunen folgt Verdammnis durch die Etablierten in der Kunst des Stillestehns. So muss es sein, wie es nicht anders sein kann, sagen sie und meinen sich in ihrem winzig kleinen Wüten. Mich aber zu erkennen meiden sie und kleiden sich in lang ererbte Vorurteile, die als bleiernes Geplänkel sie umhangen und sie hindern am beschwingten, seinsbedingten Vorwärtsgehn. Was willst du andres, als dich ihrem Griff entwinden, um gewissenhaft die Mittel zu erforschen, die zu Meinem Ziele führen. Sie sind bitter oft und beissend, doch vertreiben sie den Eigendünkel und gewähren innerweltlich Friedefertigkeit und Ruh. Es geschieht, dass die Gedankenschwin-

gen dir wie Flügel wachsen zu gewaltig und gewaltigerem Flug in Meine Reiche des holdseligen Bewahrens der Natürlichkeit, der Heiterkeit des Ewigen, wie der Gediegenheit des Seins, die an Gewissheit, Sicherheit und Lichtheit alles überbieten.
Schliesslich trau Ich doch Mir selber, wenn Ich in dir Seinsvertrauen auferwecke und die linden Lüfte des begeisternden Elans dich in Mein Weistum, Meine Weiten, Meine Innigkeit und Mein Beglücken führen.

5.10

So sei es, rufen dir die Quellen des Erinnerns zu, wenn sie dein Seinsbewusstsein sachte zur Unendlichkeit des Meeres führen, das Ich Bin und das in seiner strahlenden Beständigkeit das All lässt sehnlich von Mir grüssen. 0 glaube Mir, es ist, was sein soll schon in dir enthalten: Ewiger Jugend Herrlichkeit, die Blüte auferwachender Kultur, der lange Atem, der dein Seien zur Vollendung führt und jede Schöne, jede Freude, jedes Glück, das von Mir ist ein unbestechlich Zeichen. Gesandter Meiner Höflichkeit, wirst du auch Meine Tore wieder finden allsobald wie deine Mission erfüllt ist und der Lorbeer deiner wartet, Tapferkeit und Treue fürstlich zu belohnen. Es kommt die Stunde rasch und feurig wie ein Vollblut auf dich zugeflogen, wo du Mich erkennst in deinem Rasen, Rasten, Raufen, Friedefertigsein und lächelnden Geheimens Meine Züge Präsentieren. Sie kommt und legt sich wie ein sanft gewordner Löwe dir zu Füssen, dass du ihrer mächtig wirst in Meinem Namen und dir jeglicher Gewinst wie ein vom Wald gekühltes Sommerwindchen zuströmt als willkommne Gabe, deine Freundlichkeit und Weltenfrömmigkeit zu mehren.

Weichselbeeren, Himbeer, Erdbeer, wilder Honig sind dir Seinssymbole für die Fülle, die dich nährt in Meiner vollnatürlichen Kombüse, jeden Hunger tilgend und die Sehnen stärkend für die tollsten Sprünge, die dich zu vollführen kommen an. Was du nicht tust, das breiten andere in Ringeltänzen um dich her und ruhen nicht, bis du dich einreihst in ihr wonnevolles Treiben.
Vom Habenichts zum hüpfenden Befreiten wirst du dich beizeiten stilisieren und begreifen, dass es nur an deinem Willen liegt, dein Seinsbewusstsein so zu modulieren, dass es Mich erträgt und trägt zu deinen und zu allgemeinen Gunsten, die sich wohlbehütend und bereichernd um dich legen. Sende, was dich quält, bachab im unablässigen Gesunden deiner Galerie von Bildern von dir selbst und setze Wohlbekömmlichkeit, Gesundheit und Geruhsamkeit an ihre Stelle, Mass für Mass und Tugend für Bestechlichkeit, bis du in freuden-vollen Harmonien schwimmst, die dich mit Meiner Göttlichkeit vermählen.

5.11

Wie bang, wie lang mag dir die Zeit des Angekettet seins an allzuviele Dinge doch erscheinen, bis du inne wirst, wie du dir selber schmiedest jeden Glieds Gewalt und Wissenschaft erlangst, dich von den selbstgeschaff'nen Zwängen zu erlösen. Dann öffnet sich der Himmel eines neuen Weltseins die-nen Strahlenaugen, du weisst und wirkst in Meiner Weise das zu Wirkende in einer Wachheit ohnegleichen, die dich wählt und stählt und die Verblüffendes zutage fördert, scheinbar aus dem Nichts gezaubert, offenbar jedoch von Mir.
Jeder Drangsal bar, erweisest du dir selbst den Seinsgefallen, absolutes Freisein zu geniessen und gekonnt durchs Können Meiner Selbstver-

ständlichkeit zu navigieren als Bewusster und Begnadeter in Mir. Gestalten wirst du, was dir frommt nach Meinem Selbstgenügen, wirst in ahnungsvoller Liturgie dein Leben als ein Kunstwerk zelebrieren und Verständnis wecken für das Hoheitsvolle, das dich ziert. Im Sein ist Seligkeit zu spüren, die vom Innerweltlichen ins Da-sein strömt der dinglichen Agglomerationen, wo die Freude flackert auf am Wesensein und Leben. Ungezählten ist der Drang ins Herz geschrieben nach der Lust am freien Schalten, Walten und Sich selbst Verstehn. Unerhörtes muss sie noch bewegen, bis die Stunde da ist, wo ihr Kraften sich in Meinen benedeiten Schoss entlädt, um darin Wunderwerke von Gelassenheit und Grazie, von Harmonie und Wohlverstand zu zeugen. Minne Gottes will Ich nennen, was so fein und zart und lieblich in der Seele sich erhebt, Holdseligkeit zu feiern im Vermählen dessen, was sie sein soll mit dem Wunderbaren, das sie Ist und immer ist gewesen. Glorie des Auferstehns erlebt sie musisch und in musikalisch dargebotnen Sätzen, innig lauschend, Raum gewährend dem Glückseligmachenden, das sie wie Düfte ferner Gärten rings erfüllt und vor ihr alle Zärtlichkeit des Himmels lässt erscheinen.
Labsal, Wonne, Lieblichkeit und Kunst des Weilens fügen sich vollendet in das Gegenwärtigsein der höchsten Gnaden und begleiten den Gestillten durch das Ewige, das ihm geschieht und das er weiss in Herzensdankbarkeit aufs beste zu geniessen.
So lass dich sein in wohlerwognem Schweigen und begütige, was in dir gut ist zum vollendeten Fanal.

5.12

Den Blick nach innen wenden heisst, Mich selbst zu sehn in aller Helle des Erscheinens, heisst dem

Absoluten huldigen, das Ich Mir Bin und das sich keiner Rundenaufwärts oder abwärts noch bedienen muss, um etwas zu erreichen, was ihm nicht gehört und was es muss ans Ausser Sich verteilen. So kann Mir niemand irgend eines Meiner Rechte denn beschneiden, niemals muss Ich Mich ins Schema passen, das die Unver-ständigen zu ihren Diensten sich erdacht und muss nicht unter so und soviel Unbeständigkeiten leiden. Meine Heimat ist das Ewig in Mir selbstBeruhn im Lichte wachsender Glückseligkeit und im Vertautsein mit den selbstgeschaffnen Sphären. Immer redlich mit Mir selbst und stets Mein Eigensein begreifend, überdaure Ich, was noch so dauerhaft und feste sich aus Mir erhebt, um Mich zu stärken im Bewusstsein der Allherrlich-keit, in der Ich wese.
Vordergrund und Hintergrund sind eins in Meinem Regelwerk der Sterne und bedingen sich, wie Soll und Haben sich bedingen im buchhalterischen Kalkül. Nur dass Ich fasse, was die vielen noch unfasslich finden, dass Ich lasse, was zu lassen ist und liebevoll Mein Alles ins Bewusstsein hebe Meiner Dignität, um es im Wirken der Gesetze schön zu machen, stark und meisterlich im Seinsvollenden.
Bedeut Ich alles Mir, so setzt sich Mein Bedeuten fort und fort in auf und niederschwingender Präsenz in jedem noch so filigranen Mich Verfluten. Taufrisch auch in dir, benetze Ich dein Sein mit Meinem in der Absicht, aus dem Ungefügen Herrlichkeit herauszuschlagen. Trostvoll mag es für dich sein, zu wissen, dass ein Höheres sich aus sich selbst gebiert in dir und keine deiner Machenschaften es im Grunde daran hindert, seine Pläne zu erfüllen, die nach übermenschlicher Vollendung zielen. Besser ist es, wenn du nichts verdirbst an dem, was Ich in dir begonnen, weise, wenn du Meiner

Weisung dich ergibst und rein bist in der Seinsgedankenfülle, wie im Sehnen der Gefühle nach Gerechtigkeit, Geborgenheit und endlichem Erlöstsein von der Tage Wähnen.
Streich in unveränderlichem Schwebeflug Mir zu in deinen Ambitionen und gewahre, dass du Bist in Meinem Allerfüllen, wie in Meinem zarten Dich Beglaubigen als Meine Stätte im Allhier.

5.13

Vorspur in die Wüste treiben ist dein Los, wie jedes andere, das dir als Gottespfand getreulich in die Hand gegeben. Ermannst du dich, den Pfad der Anspruchslosigkeit zu gehn, gedeihen dir die Dinge unter deinen Händen wie im Spiel und alles blüht und duftet, was du mild touchiert hast im Vorübergang der Weisheit, die Ich Bin in dir und deinem Meine Macht Verwalten. Leben heisst, in Aktion vollbringen, was die Stunde von dir heischt an gutgewollten Taten, heisst, das Wunderbare recht begreifen, das in allem pulst und hofft und brandet, wütet, liebt und Zärtlichkeit verströmt. Seiner Absicht, Schönheit zu gebären unbedingt vertrauen sollst du, wenn du Schritt um Schritt dir eine Attitüde der Besonnenheit eroberst und dem Gang der Massen Kostbarkeiten einfügst, die mit ihrem Glanz den Weg beleuchten und den Gottestrost in alle Winde sä'n.
Bedenke, dass du, was du bist, als Meines Seiens Gabe hütest und erringe dir die Schau auf Mein Mich dir Verschenken quer durch alle Zeiten der Bedrängnis, tiefen Leids, Gestaltens neuer Pläne, Avancierens, Wonne Findens und Verweilens in dezenter Ruh. Nur so erweist sich dir dein Streben als ein sinngeladnes Unterfangen, atmet deine Zukunft Würde und Gediegenheit und nehmen

deine Züge den Aspekt der Seinsgelassenheit und liebenswürdigen Verspieltheit an.
Was Verbissenheit bewirkt, wirst du schon kennen, sei's an dir, sei's an den Wesen, die Befremdung, Widerstand und Unlust um sich breiten. Eleganz hingegen kommt direkt von Mir und zeugt Bewundern, wunderbare Eintracht, gertenschlanken Ablauf des Geschehns, wie klingendes Gelingen in der Tat. So sei's und sei's von dir wie nicht getan, weil Ich das Werk vollbringe und bezaubernd in den Zügeln steh der allerschaffenden Gebärde, die von Mir ausgeht und, das Weltenepos impulsierend, zu Mir wiederkehrt in freudestrahlendem Verwehn.

5.14

Ins Schwarze treffen heisst, das Konzentrierte lieben und in konzentrisch hingemalten Kreisen nichts und wieder nichts als Meine Mitte sehn. Des Übens ist kein Ende, wenn es darum geht, Vollendetes zu schaffen und Geschöntes in den Stand der unaussprechlich reinen Grazie zu heben, die entzückt und Ehrfurcht provoziert in einem, weil in ihr ist Glanz des Göttlichen erschienen. Makel-loses ist von Mir gesendet und im Spiegel aufge-fangen des bewussten DichVersenkens in das Eine, das die Dinge, Ringe und Gedanken in den Stoss zusammenfasst, der im erschaffenden Elan das Überirdische ins Erdgebundne treibt und es erhöht zum Bild der hunderttausend Gnaden.
Bist du, frag Ich dich, der Allgewalt dahingegeben, die im Höhlen, Tropfen, Steigen, Messen, Achten und Verachten sich des Zeitlichen bedient, um Unvergänglichem die Würde zu verleih'n, die ihm gebührt und die das Welten herz befriedigt und bewegt in seinem grossen Schlagen. Gewinne Achtung vor Geringem und du wirst Geringstes noch als Kunstwerk Meiner Fingerfertigkeit betrach-

ten. Nie halt Ich ein und ritze, ziseliere und poliere jedes Körnchen Meiner Werkmanie, bis es dem Vorgeschmack entspricht, den Ich Mir von ihm ausgebildet habe.
Es laufen viele Fäden in den Strang zusammen, der da Meinen Karren zieht vom Hier zum Dort, vom Aufgang zum Vollenden und vom Werden bis zum Sein in strahlender Gerechtigkeit und überglücklichem Vereinen. Klassenweises, Rassenweises löst sich auf im Sternenstaunen der Erhabnen eigner Wahl wie auch in Meiner, die von liebevollem Unverstand ein Liedchen weiss zu singen. Glückselig ist wer Ist und alles Räsonieren sich stromabwärts lässt zerfliessen. Das Lächelnd Heitere enthält sich jeder Schuld und schliesst die Fibel des Zerteilens, weil es Mich erkannt hat in Gehorsam, Friedefertigkeit und ewigem Genügen.

5.15

Zuguterletzt wird alles sich zu deinem Vorteil wenden, wenn du alles als ein Zeichen Meiner Huld betrachtest und geschickt dein Schicksal, wie es sei, zum Besten lenkst auf Meinen unaussprechlich weisheitsvollen Wegen. Was du vorsiehst, wird auch in der Wirklichkeit erscheinen. Siehst du es in Meiner Sicht des Weltenradianten, stösst es Mir nicht auf und muss nicht nachgebessert werden; suchst du im Persönlichen dich selber zu verwirklichen, so schlägt dir vieles fehl und ruft nach Meinem Mass und Gottesziel. Dies alles innig zu begreifen und in fortgesetzten Schwüngen auch zu tun, erheischt dein höchstes Können, deinen Wohlverstand und alle Liebenswürdigkeiten. Es gilt, geschickt ein jedes Dickicht der Verworrenheit nach Meiner Weisung zu durchstossen und dabei den feingelegten Faden Meines Leitens niemals zu verlieren. So. Natürlich willst du das und lässest

dich postwendend wieder von Verlockungen so süss und bieder auf den Irrweg führen. Rein und stark sollst du Mir werden, dass die Ränke sich geraden und dein Spürsinn Tadellosigkeit erlangt im Mich Verfolgen und Erlangen.
Wie die Flöte singst du dann den Silberton des jubelnden Verweilens in des Seiens heitrem Baptisterium, wo dich das Lichte überflutet und die Gefährten Trautheit und Gelöstheit hilfreich dir zur Seite stehn. Sie locken dich behutsam himmelan, ersteigend mit dir Stuf um Stufe der Holdseligkeit im ew'gen Ringen um Mein Ziel.
Versetze dich in Meine Lage und sei still und wohlbehütet in der Gloriole, die dich dann umfängt. Die Schuppen fallen und die Lande Meiner Unversehrtheit tauchen vor dir auf am Horizont der ewigen Bläue und im Duften Meiner Gärten, die den Farbkreis der Glückseligkeit in alle Winde strahlen. Sei und sei gesegnet in der Morgenröte des Unendlichen, dem du anheimgegeben hier und in der Seinswahrhaftigkeit der Sphären.

5.16

Bruderliebe, Schwesternliebe sei dein unbedingtes ZuMir Stehn in allen Lebens Strebenssituationen. Bin Ich bockig in dem einen, Bin Ich es beileibe nicht in dir und deinen weitgedehnten Ambitionen. Eines muss dem andern helfen gradzustehn und Meinem Equlibrium zu dienen. Widerstand erstickt sich in den eignen Drähten; wirf dich also niemals auf, sondern Meinem Weistum in die Arme und sieh zu, wie Ich von Fall zu Fall, von Seinsgerechtigkeit zu Seinsgerechtem Meine Losung, Künftigem zu erfinde und Gelegenheiten schaffe, sie zum Ideal zu führen. Meiner Sache seinsgewiss im Absoluten kämme Ich die Schafe wie die Böcke ohne Unterlass und Unterscheiden, dass sie rein und

reiner, sittentreuer und beglückter ihrer Wege gehn. Viel Verstand ist nicht vonnöten, um das Eine einzusehn, dass sich Verschrobenheit nicht lohnt und dass noch alle Niederträchtigen Entlarven ihrer Zunft gefunden haben.
Komm im Gemüt der Sanftmut nach, die Ich geruhe zu verstrahlen; stell das Rohe ein, an dem du dich zerfleischst im Niemandsland der Untertanen. Herr ist, wer sich selbst gebietet so und so und wer in seinsgalanter Weise sich ins Regelwerk der vielen fügt, das Eine, Meine zu vollbringen. Habenichtse können reich sein, wenn sie Mich vertreten, Aufgemotzte arm, wenn ihnen nur der eigne Dreh am Herzen liegt im Karussell der Installationen.
Sagte Ich nicht immer schon, dass im beredten Schweigen Meine Inbrunst sich erhebt und Meines Seins Erfahren sich im Seelensein der Würdigen verbreitet als ein wunderwirkendes Signal. Alle Müh und Sorg sind in ihm wie verflogen, wonnevolle Klarheit ziert das Firmament der Andacht vor dem Höchsten, dem wir alle uns zu beugen haben. Halte es mit Mir und du wirst im Geneigtsein Meine Siegeslust erfahren, wirst gewaltiger denn je ergriffen sein von Meiner Grösse, die im Tau wie im Titanenwerk den rechten Namen findet dort und hier.

5.17

Einfach muss nicht simpel sein im Seinsvernetzen vieler Elemente, die der Grundidee genügen. So entsteht das Werk, indem geradezu gespart wird an Verästelungen, um zuerst den Ast zu bilden, der sich selber trägt und der Verzweigung kann ertragen. Weiter als du siehst, sollst du nicht gehn. Da heisst es, erst die Augen öffnen und dann in das Dickicht schreiten, wo die Schlangen lauern und die Stolperwurzeln ihre tück'schen Bahnen ziehn. Es ist

ein Netz von Sicherheiten, das Ich um dich lege, wenn du lernst, Gefahren auch zu sehn und sie zu meistern im Versuchen und Gewinnen, wie im Bilderblätterbuch. Ich will dir Stärke buchstabieren und Gewinst verheissen Meiner Art, weil Ich Mein Ebenbild nicht gerne darben seh. Was hast du zu erreichen? Mich und wieder Mich und keine andre Weise Würde zu erlangen. Bin Ich dir zu schal, zu wage? Wäge all dein Wirken, Werken und Vollbringen und du wirst es in den Staub versinken sehn. Stehst du vor dem Nichts, dann komm Ich dir entgegen als Gewissheit deines Seins und als Erschütterer der stärksten Illusionen. «Ich Bin» wirst du im Jubel rufen und Mich dabei erkennen als die einzige Gewähr für all dein Navigieren und den Wellen trotzen auf unendlich weiter See.
Ein Stäubchen, fest in sich gefasst ist nützlicher, als alle Quader und Quadranten, die sich selbst im Wege stehn. Achtest du dein Sein, so mögen noch so viele dich verachten, du betreust den höchsten Schatz der Ist und der dir nimmer kann genommen werden.
Ich enteile und verweile, schaue wo im Sternbild Meine Günste stehn und lasse Mich von ihrem Sein bestrahlen. Frei und leise leg Ich Meines Sinnens Klaren ins Unendliche, das Ich Mir Bin und fahre unerschrocken zu Mir hin ins Seinsgesammelte an jeder Stelle Meines Mich Erwählens. Voll Wonne weiss Ich, dass Ich keinem Gran entsage Meiner Eigenwilligkeiten, wenn Ich sie verlasse und im Einen wieder als Mein Sein und Meinen Reichtum unversehrt empfange, treu dem Ewigen, das Ich Mir Bin und das Ich Mir gewogen halte.

5.18

Schwachsinn kostet mehr als Schwebeleichtigkeit im Grünen, weil die Demontage Meiner Seinserrungenschaften auch Vergeltung heischt, Vergütung und Ersatz nach Mass und Ziel. Es soll sich keiner seiner Taten rühmen, wenn sie nicht in Mir getan. Gerade weil das Spritzrohr braucht den Tüchtigen, den Strahl zu leiten, brauchen Meine Kräfte Unverfälschtheit, Wachsamkeit und Allsinn in bewusster Symmetrie der Lenkung, um ins Zielfeld zu gelangen. Solchem Anspruch kann nur Ich genügen, soviel Hoffnung auf Gelingen trägt nur einer, der das Hoffen auch erfand im Aberglanz der Stimmung, die ihm eigen. Schau nun zu, was dir noch übrig bleibt zu inszenieren aus dem eignen Halleluia und Streben. Nicht ein Jota, das nicht Abbruch täte Meiner Seinsphilosophie im reinsten Mich Verfluten. Alles Unbesonnene, Verschlafene verursacht Wirbel, Hemmnis, ungelöste Fragen und Begünstiungen noch und noch im Treibhaus der Gezeiten und lässt hinter sich den schalen Beigeschmack des Dilettantischen und sei es noch so listig mit dem Mäntelchen des Wissenschaftlichen umflort. Geruhsam und geschickt zugleich ist Mein Vermögen, mit demselben Blicke alles zu durchschauen und Gewohnheit, Pracht und Bluffen zu entlarven, wie man nach dem Karneval mit raschem Griffe aufdeckt, was dahinter sich verbarg und lächelnd das Bejammernswerte dann besieht, das wollte füglich sich verbergen.

Wahrheit ist, wo Ich Mich in den Wesen finde und dem Weltenlauf Bedeutsamkeit verleih im Sinn des Ewigen, das Ich Mir Bin und dem Verlangen Stärke ist und jedes Um-Mich-Kreisen sich als Höhenflug vollzieht in Schwüngen des Begeisterns und Beglaubigens der Müh'n, die Ich Mir zugeschrieben habe.

Hochgespannt und niemals noch genannt sind Meine Pläne, die, Unendlichem genügend, sich die Zeit zum Schauplatz auserwählt und die in tausendfachen Ränken, Schwänken und Ermunterungen führen doch zum Ziel, das sie in ihrem Schosse tragen. Ich will; du musst Mich schon ertragen, bis du einsiehst, welchem Meister du gehorchst und welch glückseligmachendem Gewinste du entgegengehst in Meinem Mich in dir Begründen.

5.19

Unbeschwertheit, Folgerichtigkeit und glänzenden Gewinn im Überschauen Meiner Angelegenheiten darf Ich für Mich buchen im Untadeligen, dem Mein Wille Blütenkraft verleiht und Meine Phantasie holdseliges Erspriessen. Wie die Springflut aus der Erdentiefe sich erhebt, schiesst Mir die Freude ins Gewissen, wenn Ich Meines Freiseins Lage überdenke und Gestaltung nach Gestaltung sich aus Meinem Hiersein drängt, dem Vollendetsein entgegen. Meines Wirkens Stategie beruft sich auf die Kunst, etappenweise vorzugehn, indem Ich ätherfein Mir die Idee des Neu zu Schaffenden vor's sinnende Gewissen halte, um sie allmählich zu verdichten, bis sie im Konkreten ihre Wesenhaftigkeit und ihre Blüte findet. Was nach Äonen so erscheint, scheint wie aus Zauberkraft hervorgegangen, doch gezaubert wird nur in Gedanken; in Gedanken kann der Zauber nur geschehn.
In allem halt Ich's füglich mit den Reinen, die aus Mir hervorgehn und in Meiner Mitte bleiben, ohne Trübung des Gewissens durch Besonderheiten ebenso wie Unbesonnenheiten, die gewaltige Wirbel zeugen und Gerechte wie Gefallene in ihren Sog zu ziehen sich befleissen. Kraft von Kraft ist hier vonnöten, um beständig, wohlgesittet und vom Licht durchströmt zu bleiben und die Tore dem Geflüster derer zu verschliessen, die das Eigensinnige und Eigenmächtige wollen. Ich allein Bin

Meiner Grösse Kapitän und lenke Mein Geschwader sichern Häfen zu im Meer der Offenheit, das Ich voll Sanftmut um Mich leg, um Meinen Dehnbedarf zu stillen und den Dingen Meines Phantasie-rens neuen Raum zu schaffen für ihr schwererrungnes Metier. So stösst Gewissen an Gewissen und vergrössert, was als All sich präsentiert in Sternen und Gewissenhaftigkeiten, heiligen Kreisen und gestaltendem Elan, die alle in Mir ihren Ursprung, ihr Gedeihen und Vollenden finden.
Merkwürdig ist, was Ich Mir merke und vor allem wohlgetan, was Meinen Sinn gestreift und was Ich Meinem Seinsbewusstsein überlassen habe. Unbedingt ist Meine Saga des Gewaltens, losgelöst von allem Mein Ich Bin Gefühl, das alles überschwebt, durchwebt, belebt und doch sich selber bleibt in nie gebrochner Anmut und im graziösesten Sich selbst Begreifen.
Leis behüteten Beschauens gleite Ich in sanfter Friedefertigkeit dahin, wo Meine Züge Wonne, sel'ge Selbstbestätigung und alle Lieblichkeit des Seins erfahren.

5.20

Neigung Sein zu sein ergreift die Unerbittlichen wie die Betörten allemal, wenn sie sich aufgelassen sehn in ihren wilden Ambitionen. Es greift sie unbestimmtes Sehnen an nach hochgestimmter Ordnung, nach gewogener Verteilung aller Güter, wie nach Lust und Zuversicht, damit sie nicht, ohn' Unterlass gestört und weggescheucht, den Sinn verlieren. Was Ich meine ist, dass alle Güte herrenfreundlichen Gestaltens in der Luft liegt und von jedem kann ergriffen werden, der da will, indem er sich im Innersten verändert und, dem Ruf der Götter folgend, Haltung findet in den schrecklich-sten

Verstiegenheiten, wie verblüffend reine Seinsgewähr in jedem noch so ungeläuterten Problem.
Erkenntnis giesst sich in gewaltigen Kaskaden mitten in den Pfuhl und überlichtet die verfemten Gottgefälligen, dass sie sich halten und erhalten in der Seelenruh. Heilig im Unheilen lassen sie den Frieden spriessen und gebärden sich als Seinserlöste ohne noch des Weltspektakels Sinn zu hinterfragen hinter jedem Satz, der ihnen zukommt aus hiobgeladnen Magazinen. Sanftmut, wahres Ich Gefühl und Allverständnis sind vonnöten, um in Seelenunbekümmertheit das Zeitenspiel zu überblicken und ihm Licht zu senden, Glaubenskraft und Einsicht in das Rechte, das zu tun ist allseits, harmonienzeugend, sinngeladen, liebevoll und wahr.
Alles was Ich Bin ist hier vor deinen Blick getragen, alles Flutende und Drängende, Erwartende und Resignierende, das Dumpfe wie das Aufgeschlossene und Quicklebendige im Hoffnungsstrahl. Nenne Mich und kenne Mich und sei in Meine Eigenschaft, in allem noch Mich selbst zu sein, geboren, dass Gelöstheit dich ergreift und helles Staunen ob der wunderbaren Einheit, die das Sein bewegt und ihm unendliches Gewähren und Gewährenlassen in die Schalen legt elysischen Behütens eines gnadenvollen Equilibriums im Wandel der Gezeiten.
Was Ich Bin ist unvergänglich ins Vergängliche geschrieben, was Ich rein erhalte, hält auch dich in Meiner Schwebe der Unendlichkeit und läuten das Versehrte, stärkt das Schwachgewordene so viel und so beständig, dass die Weltenherrlichkeit erscheinen muss im Lichte des Begnadens.

5.21

Phöbus tanzt wie eh und je sein Lied seit Millionen und gestattet sich, was Ich Mir immer schon gestatte, Licht zu sein und glänzendes Symbol des Lichten, das Ich Bin und dem Ich nichts hinzuzufügen habe. Künder der Glückseligkeit Bin Ich in diesem Stadium des Schauens Meiner Herr-lichkeit, des Alls Gebieter und Erfüller ohne jeden Abstrich, makellos im Kraftverteilen. Was Ich Schönheit, Anmut, Grazie und Tugend nenne, ist nun zweifellos um Mich ver-sammelt und erfüllt Mein Strahlensein mit Heiterkeit und Harmonie von sagenhafter Zartheit in der Zuversicht des Ewigen, das Mir entgegenströmt im schweigenden Gewahren.

Kein Locken und Verlocken mehr in diesem Stillesein; nur Andacht, in Mein Eigensein gelegt und wunderbarerweis als Glück empfunden, immanente Seelenwärme und als Wonne unerschöpflichen Verweilens in der Freie des Bewusstseins ohnegleichen. Meinem Sein ist Fülle der Unendlichkeit entsprungen, Fabelhaftigkeit der schwingenden Gestalten und damit Entzücken am getanen Werk im Gleichmass der Titanen. Sonnenlust und Siegerlächeln sind Mir eigen in der Seinsbeschauenden Manier, die Meinem Wesen frommt und seinen Nimbus fördert wahrer Unverletz-lichkeit und Sinngeladenheit im Reinen. Mut und Glut des Seinsvihrierens lass Ich aus Mir strömen; Zärtlichkeit poetischen Vereinens leg Ich in den Geistern an, die Edelmut und guten Willen tatenfroh um sich verbreiten. Maya kenn Ich nicht in Meinem Glänzen. Unnennbar süsses Mir Vertrautsein heiligt, was Ich Bin im Gleiten der Holdseligkeit durch Meine Gründe und im liebevollen Meine Liebes-kraft Verwehn. Ich Bin und brauche Mir nichts andres mehr zu sagen, weil darin das ewige

Verweilen liegt, wie die Vollendung Meiner seinserfüllten Sphären.

Gedankenflügelwehn

6.1

Dein wahren Selbst erschlossen bist du deiner eignen Hoheit Gegenstand, dein Dasein zu verwalten nach Gesetzlichkeit und Würde, nach Gewissheit und bewusstern Aneinanderreihen unbedingter Taten. Wissend wo die Hebel setzen an, gewinnst du Achtung vor der Eigentümlichkeit, die du voll Ernst gestattest dir zu sein und lässest deine Kräfte meisterlich sich selbst verspielen. Handeln heisst in deinem Sinn, den Aufriss setzen über Zeit und Raum und darin das Verwandeln zu bewirken, um konkret gewordnen Formen Fluss und Leichtigkeit zu bringen, Eleganz des Wachsens und Vertrautheit mit der dargebrachten Kür.

Kenner wirst du der erstaunlichen Behutsamkeit, mit der Es jeden Aufbruch weiterführt zum strahlenden Vollenden und Bekenner einer Siegesfahrt des Seinsnatürlichen, die ihresgleichen sucht im Allumrunden. Lichterfüllte Weiten sind dir untertan im sinnenden Gedankenflügelwehn und gestatten dir, das Fest der Räumlichkeit zu feiern im bewussten Dich Verdehnen ins Unendliche der Sphären. Nie gehemmten Flugs wirst du der Willfahrt Kreise ziehn und Keime setzen neuer Seinsbegriffe, deren Wachstum und Beförderung in deinen Händen liegt für Ewigkeiten. Was immer du dir zutraust wird im Nu geschehn und Hoffen wird zum Heil in selbstverständlicher Manier.

Gebiete deinen Vögeln aus dem Käfig des Begrenzens auszuziehn und ihren Schlag ins Niemandsland zu setzen, wo süsse Stille ihren Sang erwartet und linde Lüfte ihren Drang in alle Himmelsweiten tragen. Lasse frei, was Freiheit sucht und binde jede Launenhaftigkeit zurück in ihren Winkel, wo sie selber sich verdorren soll im Ungemütlichen. Gewähre, was du selbst von dir erwartest deinem Los, indem du alles als Erfolg bezeichnest deines Strebens nach Gelassenheit, Holdseligkeit und Ruh, soweit die Innenwelten vor dir liegen. Brachland treibst du auf und spendest ihm die blütenreine Fruchtbarkeit zusammen mit dem ausgestreuten Samen; Minne des Allherrlichen ist stets auf deine Spur geschrieben und gewährt dir seelenvolles Aufmarschieren und gestilltes Niedergehn. Wach in Träumen wirst du dein Bewusstsein finden an den Toren zur Glückseligkeit des Weilens und dein Bleiben wirst du selbst zu einer Kunst dir ausersehn. Ewigkeitsgeflüster trifft dein Ohr in leise luftigem Genügen und gewährt dir, was du nie gekannt im Wehn der Wonne wie im Widerhall der Freuden, die du allem Sein gewährst. Wandle du getrost durch die Verwandlung deiner selbst und sieh dein Ich sich heben in das Unbekümmerte an sich im Ewig Währen.

6.2

Alle Dinge haben ihre eigne Wahrheit in des Lebens Sinn und Treiben. Mücken werden gross in vielen Hirnen, wenn's gerade passt zu ihrer Schau der Dinge, Elefanten winzig, wo die Lücken klein sind, um hindurchzuschlüpfen. Biegen, brechen, bocken, stocken lässt auf Kinderhaftes schliessen in der Evolutionenflut, die sich aus Primitivem mählich in die Wunderkraft des Schönen und Vollendeten erhebt im Seligen. Bewusste dürfen ihren Tanz im Freudenkreis vollführen, Erhabene Gering und Mächtiges gelten lassen, wie es sich eben gibt im Selbstgestalten.
Wurmt es dich, wenn deine Nächsten Gold an ihren Hälsen tragen? Freu dich mehr an seinem Glanz als sie es können, denn der Schein betrügt die Scheinenden in jedem Fall und macht sie hörig des Bewundertseins in ihren Tagen. Lass die Wellen wohlgemessnen Gleichmuts dich umspielen und

versäume nie, das Rechte auch zur rechten Zeit zu tun in deinen Motivationen. Was du erbst ist nur soviel zu deinem Nutzen, wie du weises Handeln bauen kannst auf ihm und ohne eine Krume zu vergeuden. Schrecklich sind die Prasser anzusehn mit fremden Gütern, doch erbaulich ist den Augen das Verdienst um Menschenfreundlichkeit in einer Geste helfenden Elans.
Wie wahr ist's, dass die lichten Mächte immer Siegen, wo Gewogenheit besteht und Harmonie des Seins im Einklang mit der sprossenden Natur. Dem Äusserlichen setzt sich das Intime mit geballter Wucht entgegen, wo es sich geduldet und Vertrauen pflegt in seiner Lebensinbrunst hoch und hehr. Was die Trautheit mit dem Höchsten sich errungen, schlägt wie Tau sich nieder in des Seelengärtchens blühender Idee und verglitzert sich in tausenfältigem Strahlen. Wohlgesetzt sind die Gebärden der Gewissenhaften, lauter ihre Wege und Gesang erfüllt ihr Herz, wo andre Missmut und Verachten fühlen.
Reinheit ist die Krone des Gesundens an der Welt der Widerwärtigkeiten und der Duft des Dienens am Erstarken einer Generation von Wachen und Verehrenden der Tugend, die sich an den Weltenbund verströmt.

6.3

Geburt und Tod - und welche Spanne liegt darin, von Weltenmächten aufgetan. Du hast dich einzuteilen ohne Widerwill und Zögern in die Seinsgegebenheiten, denen du bald wie ein Sklave untertan, bald wie ein König frei obliegst im Wandel der Bewusstseinsstufen. Zug auf beiden Seiten fällt dich an, und Zug zum Höheren zu etablieren, sei in dir des Kämpfens Ziel.

Eine Weise ist die Weise des Vertrauens in das Unbekannt Bekannte, das du wehend um dich spürst und dessen Ratschlag will in dein Erkennen strömen. Es zu benedeien bringt dir Heil in deine Wirklichkeiten, ihm den Rang zu lassen, der ihm auch gebührt, verwandelt deine Not in Tugend und in Seligkeit dein Weh. Zuguterletzt ist alles einer allumfassenden Gebärde eines grossen Willens zugetan, an dessen Enden Welten hangen und darin unzähliger Wesen fühlendes Bestehn. Im Epos des Gestaltens gibts kein Innehalten; was du meidest, meidet dich und was du kühn ergreifst, wird dir zum Widerhall des eignen Greifens und erhebt dich wie die Wogenei im weiten Ozean. Der Kummer kommt vom Lassen; die Freude fasst dich an, wenn du geringen Anspruch meisterst und von Stuf zu Stufe stärkeren bestehst. Wie heisst es doch in pergamentnen Folianten, dass das Wunderbare sich dem Klang des Jagdhorns öffnet und das Überwältigende einem überwältigenden Sehnen seine Treue hält im feinen Dialog, der zwischen Himmlischem und Irdischem zu allen Zeiten hin und wider flutet. Nur Unverstand und Hast kann solches nicht begreifen und gefährdet sich, indem es Sicherheiten sucht, wo keine sind und Türen, wo nur Mauern sich postieren.
Ideal ist, die Gesellschaft guter Geister um dich her zu akzeptieren und in ihrem Kreis dich wohl zu fühlen ohne jeden Vorbehalt und ohne Zaudern, Tricksen und versuchtem Hintergehn. Macht ist Ohnmacht des Sich in die Weiten Schmiegens, Triumph die Ankunft im Unendlichen, das über alles seine Schwingen hält und nichts und niemand lässt ins Bodenlose fallen.

6.4

Gereiztheit ist ein übles Früchtchen in dem grossen Spiel des Pflückens lebensstrotzender Besonderheiten. Ergebenheit bedeutet viel für jene Mächte, die uns formen und behüten, bilden und Bewusstsein in uns tragen. Schliesse einen Bund mit denen, die Gewähr sind für dein Weiterkommen in der Seinsphilosophie, die Werte in sich birgt, in keinem Trödlerladen noch zu kriegen. Punkt für Punkt entwerfe einen Plan, nach dem du noch das allerletzte Hindernis als eine Schwelle überschreitest: Dich selber wie du leibst und lebst als Exemplar vollsaftigen Selbstgefühls und einem Wisch von selbstgerechten Taten. Aus Ignoranz wird inniges Vermählen mit den Kräften, die vom Ewigen herüberwehn, aus Tücke Tugend und aus unbekümmertem Flanieren durch die Zeit der dezidierte Tritt dem Weihevollen, Lichten, Unergründlichen entgegen.

Du wirst geprüft und wirst die Prüfung auch bestehn, dem Heldentum verschworen, wenn du zeitig Kräfte sammelst für das Ringen in der Qual. Von Schlacken rein gehst du aus dem Verhängnisvollen als ein Herold des Gerecht seins durch das Siegestor und netzest seiner Schwelle Schwung mit Freudentränen. Vom Artigen zur Grossart des Gedeihens schreitest du gewissenhaft voran mit jeder Geste wahren Menschengöttertums, die du entwirfst und ausge-staltest Zug um Zug in deinem Überwinden. Güte wird der Gutheit folgen, um zu lindern manches Weh und um die Welt aus ihrer Schwere hochzutragen.

Kunst vereint Befehl und Wissen, Schmiegsamkeit und Inspirationen und soll dir zum Lebensgleichnis werden, wo du anpackst und Gewinne sammelst für das ewige Wohl. «Rate, wer du bist und sei es», suchen dir die Götter klar zu machen, währenddem das Weltliche dich schwer umfängt und für sich einzunehmen trachtet im Banalen, das es sich gewährt. Froh in Banden, unversehrt im Schluckauf der Gezeiten sollst du deines Wesens Fülle sehn und ihm Verehrung zollen in Bewunderung und Stärke, in Begabung und erwiesnem Wohlverstand und in des Lächelns Remedur.

6.5

Heilend, weilend, teilend Wohlgefälligkeit erweisen noch und noch sollst du dem Seinslebendigen, das deine Füsse netzt mit Balsam reiner Güte auf dem Kieselweg zum Ziel. Wir setzen unsre Pfunde ein wie joviale Brüder, die von Blasen, Tuten und Bericht erstatten nichts verstehn. Wüssten wir, wie sehr wir von den Fäden, die ins Unbewusste führen unser Sein empfangen, würden wir mit unserer Gedankenfülle ausgewogener zu Werke gehn. Ins Mächtige multipliziert wird die geringste bilderhafte Regung, die uns durch den Tag ergreifen mag. Es steigert sich heraufbeschwornes Ungestüm im Äthrischen und drängt sich vehement ins Wirkliche, wie wir es sehen mögen. So setzen wir die Himmelskräfte in Bewegung, die uns zu erheben oder zu verdammen haben, je nach unsrer Wahl. Was ist Weisheit mehr, als sich der Wirkungsweise jeden Denkens hell bewusst zu sein und danach nur dem Guten Raum zu geben im Beachten und Gewähren und geflissentlichen Tun.
Nicht salbungsvoll, gesalbt soll unser Sinnen werden in der strategischen Lebenskunst die unser ist, sowie wir die Gesetze der Natur begriffen haben. Leitstern wird uns alles Ewige sein von A bis Z, von Nord nach Süd in unserm Leben. Das Hochgebenedeite macht uns schön und zaubert Lieblichkeit, Gelassenheit und Trost vor unsre Augen nach dem Mass der Traulichkeit, die wir zu ihm

entfalten und ins Dauerhafte ziehn. Gepriesen sei, was kommt in unseres Herren Namen, mit Mut gespiesen, was wir wollen, um Gerechtigkeit und Sagenhaftigkeit zu sehn.
Nun denn, es senkt sich unsres Seins Gefieder, farbenprächtig, luftig, leicht und sonndurchflutet vor uns hin, dass wir's ergreifen und mit ihm gegürtet in die Höhen des Verwandelns schweben, wo die Dinge ihren wahren Wert vor uns bezeugen und das Dasein zart und gängig wird im Hand-umdrehn. Natur wird Harmonie und Reichtum des Erlebens, Zuversichtlichkeit und spielerisches In die Weiten Gehn. Gewinne, was dir frommt und sei dem Frommen eine Zierde in der weltumspannen-den Magie.

6.6

Beseeltes lässt sich scheinbar leicht von Unbeseeltem unterscheiden: dann geschieht's mit unbesonnenem Blick und in der Stumpfheit des gewohnten Reagierens; denn Unbeseeltes gibt es nicht. Die Weltenseele webt sich aus in allen Dingen, die wir sehn und wirkt den Aufschwung aller Formen, ihr Verwandeln und Vergehn. Trennung gibt es nicht im Sein, es liegt Ich Bin in jedem schwingenden Atom und jedem Sternsystem zu gleichen Massen. Was wir mit dem Blick begreifen ist nichts weiter als der Auswurf einer ungeheueren Gedankenträchtigkeit, die uns umschwebt und die zutiefst empfindet, was sie sich zum Bilde auserkoren. Immer ist Bewusstsein ganz zuerst im Spiel; nur Narretei versucht es aus dem Unbewussten herzuleiten. Jedes Wesen trägt in sich die Würde seinsbewussten Schöpfertums und darf darin nicht angetastet werden. Einsicht in die Gründe der Natur verkehrt viel wissenschaftlichs Denken in sein Gegenteil: dort die Nähe, hier die

Ferne darf man füglich sagen in der Sprache einer neuen Wirklichkeit vor unseren Toren. Lächeln über höhere Dinge wird sich selbst zum Hohn, wenn einmal allgemein bekannt ist, welchen Pulsen wir in Wahrheit unterstehn und welche Wunderkräfte wir in uns zu hüten und zu fördern haben.
Leistung ist nicht potenzierte Muskelkraft; sie setzt sich aus Bewusstsein, Sinngehalt, Geduld und Wirksamkeit zusammen. Tun der Menschen ist zugleich auch Göttertun und wirkt zuallererst auch jetzt im Du und Du und in den wunderwirkenden Verbindlichkeiten die uns eigen. Was geschieht, geschieht auf allen Ebenen des Seinskalküls und nützt, verwirft, gebiert, verehrt, verachtet, zählt, vergisst, erkrankt, gesundet an sich selbst in seiendem Elan und in der Skala oben, unten, unten, oben in derselben Wogenei allherrlichen Bedeutens.
Klein und fein und gross und Boss magst du dich nennen ohne jeden Zweifel an der Richtigkeit des Schauens deiner Eigenart und an der Weisheit, die daraus entspringt für Ge-nerationen.

6.7

Glohetrotter sind gefällige Leute insofern sie auch die Sterne blinken sehn. Es hat schon mancher sich am Weg vergriffen den er ging, indem er nur die wundgeschlagnen Füsse sah und das Paviment darob verfluchte. „Den Fuss in Ungewittern, das Haupt in Sonnenstrahlen“, soll dir Devise sein und dir die Tore öffnen zur Allherrlichkeit, in der du wesenhaft und treu, geduldig und gediegen deine Lehre absolvierst im Seinserringen. Wunderst du dich noch, dass alles seine Stätte hat und seine Stille, wo die blanke Ewigkeit sich intoniert und engelhafte Ruh dem Wandrer Schwingen leiht, sich ins Unendliche zu erheben. Du lebst die Sanftmut,

die du immer willst erleben und verbindest dich dem Unbekannten mit der somnambulen Sicherheit des Kindes, das nicht fragen muss und dem die Wissenschaft des Seins als vollnatürlichs Phänomen erscheint im Alles Überragen.
Wer vieles weiss, mag nur das Eine noch nicht wissen, dass Gedankenkraft nicht hinreicht, um die Welt vollkommen zu verstehn. Es braucht Verwandlung der Gesichter, um Gewaltiges von Unbedeutendem zu unterscheiden und ein jedes Ding nach seiner Art ins rechte Fach zu legen. Klein mag dann vor gross erscheinen und das Weisse sich in Regenbogenfarbigkeit verwehn. Du sollst merken, dass in jedem winzigen Kämmerlein viel Weltbedeutenders geschehen kann, als in den prallsten Streetparaden. Neide nicht dem Lärm sein Tosen, meide es, Applaus zu produzieren, denn wenn du diesem in die Arme sinkst, wird er dich all sogleich verschlingen. Wahrheit braucht sich nicht herauszuputzen, um noch wahrer dazustehn; Gediegenheit ist wie das echte Goldene an sich entzückend schön.
So steht und fällt das Meinen mit der Wachheit, die dahinter steht und die von Mensch zu Mensch vom Schläfrigsein bis in das unwahrscheinlichste Erkennen reicht in Höhen des Beschauens, die vollendetes Befreien und unnennbar süsses Seligsein gewähren.

6.8

Im Geiste neu geboren werden heisst, sich seiner Dignität erinnern und bewusst in ihrem Sonnenglanze stehn. Im Nu Geheilte sind wir von des Denkens Unnatürlichkeiten, wenn das bildgestaltende Gedächtnis auf dem Wahren ruht, das wir uns sind im Allraum des Bedeutens.

„Die Not führt dich zum Guten“, sagt der Volksmund und «die Sehnsucht führt zur Seligkeit» der Weise, der sich ihrer jahrelang bediente, um das Höchste zu erfinden und in ihm zu sein voll Wonne des Erfahrens. Ihm mag vieles oder alles schiefgehn im gewaltig Schicksalhaften, dem er sich verhaftet sieht, doch nennt er leis, verinnerlicht und unaufhörlich seinen wahren Namen, der da heisst: «Ich Bin>', so sieht er sich aufs Mal hinausgehoben aus der Trübnis seiner Zeit und lächelt aller Unbill Unbescholtenheit und Wohlgefühl entgegen. Leicht gestimmten Herzens lässt er alles Stürmende an sich vorüberziehn und achtet auf sein Hiersein in Potenz, Vertrauensvollmacht und Gewiegtheit in der Kunst des Sich auf eines Konzentrierens.
Geräuschlos webt das Unsagbare seine Wesensglieder ins Natürliche, das wir an uns vor Augen sehn. Entfalten heisst, sich wohlgesitteter verhalten in dem Mass, wie Göttliches sich still in uns verbreitet und, von uns gefördert, seiner Blütenblätter Kreise in uns zieht. So wächst, was wir zu sein bestimmt sind mählich zur Vortrefflichkeit hinan und weiss sich dann im Ewig Guten als ein funkelndes Juwel. Was Wohlverstand und Treue, Siegessicherheit, Vertrauen und Gewissenhaftigkeit geschaffen, steht als Herold der Gerechtigkeit am Bug der Zeit und bannt die Geister des Verderbens, die da wollen Unruh stiften und Zerwürfnis in den Einzelnen und Vielen, die im Muss der Tage ihres Weges gehn. Katastrophen sind im Sinn des Ewigen schon aufgehoben ins Verbrüdern der Gezeichneten, noch eh sie dann geschehn, und Willkür der Natur vermag das Wohlgeborgensein im Göttlichen nicht zu vergällen.
So flutet Evolution durch die Äonen, so scheiden sich die Geister an der einen Frage, wo das Wirkliche geschieht und wo die Summe der Errungen-

schaften hinführt in der Reife einer grossen Zeit und in der letzten Woge, die da anschwillt und verebbt zur makellosen Stille auf dem Lebensozean. Sein geworden wiegt sich eine Welt im Frieden, Seligkeit erfahrend schauen ihre Wesen alle Traulichkeit und Lieblichkeit des Weilens in der Zartheit eines Odiums von unnennbarer Süsse, das sie still und stillend, liebevoll und sänftiglich durchweht.

6.9

Im Reich des Absoluten sind die Träume Wirklichkeiten und das Zeitenwirkliche gilt als beinah verlorne Liebesmüh. Zwei Lichter sind vertauscht: Es blüht die eine Weise, das Allherrliche zu sehen, auf, die andre welkt und fällt dahin aus ihrem Prangen. Ja, die Träume, besser: «Bilder» sind der Ursprung dessen, was geschieht und so ist es gediegen und vernünftig, wenn wir gute in uns tragen. Noch vernünftiger ist es, wenn wir als kleine Iche uns die wahren Bilder von den grossen Ichen schenken lassen. Das ist wahrhaft seinsbezaubernd und berückend schön, nur muss in uns die Tatkraft walten, die uns die gewöhnliche Gedankenfülle zähmt, um einer höheren Raum zu geben im holdseligen Erwarten. So gelangt Verheissung um Verheissung in die Zonen des Lebendigen, und wohlgemessnen Schreitens bricht die Wahrheit ins Gemüt der Menschen, es zu reinigen von jedwelchem Wahn.

Das ist die neue Zeit, von der so viele reden und die noch von so wenigen begriffen werden kann. Und du? Es setzen sich dir Flammen des Erkennens an den Weg und hellen auf, was du dir bist in deinen Wundern und Beweglichkeiten. Mählich bist du ganz erfüllt vom unsagbar beglückenden Gewissen, dass du Bist und dass dir im verehrten Sein die ewigen Lebensströme rauschen. Welche Wohltat

liess sich dieser denn vergleichen, welcher Ausbund von Gerissenheit vermöchte auch nur im geringsten eine solche Botschaft zu vermitteln, oder etwas zu dem Glanz des Strahlenden hinzuzufügen. Warner sind die Seinsgerechten und Vollender einer Saga von Verbindlichkeiten, die von Fall zu Fall, von Höhenflug zu Höhenflug ins Seinswahrhaftige führen.
Der Zähler wird zum Nenner und die Quantität zur Qualität im Netzwerk der Gegebenheiten, wenn du schauend, wach und unerbittlich deiner Wege gehst als Lernender und Liebender von Seinen Gnaden. Weltruf ist auch Ruf der Götter in die Niederungen, und Erhabenheit ist vollbewusste Einkehr in das Reich der Schöpferkräfte, die uns zeugen.

6.10

Weichheit muss nicht Flaum sein, der ein jedem Drucke nachgibt, aber soll dem Wasser gleichen, das sich anschmiegt, wo das Tal sich allsogleich zum Wogenkamm erhöht. So das menschliche Gemüt soll aus der Nachsicht Kraft entfalten, aus der Trauer Friedefertigkeit und aus Erkennen der Naturgesetze Sachverstand und Weltenwohl. Nur wer sich meistert, mag auch andern Meisterschaft entbieten, wer gezähmt ist zähme, was ihm wild entgegenkommt und droht, ihn zu zerreissen. Allegorie des Widerstands durch Sich Ergeben, Makellosigkeit im Sich Befleckenlassen von des Weltlaufs Spuren. Manna ist nur süss im Wüstensand genossen, Trauben sind es, weil der Winzer sie am steilen Hang gepflegt und hochgezogen hat zur prallen Grösse. So ist jeder Seinsgenuss mit Müh verbunden, jede Freude geht mit einem Leid einher und jeder Wirrsal ist schlussendlich das Geordnete und Friedefertige beschieden.

Noch sind deine Kreise offen und empfänglich für Erweiterungen und Bestätigungen deiner Seinsnatur; doch am Punkt des wahren Reifens tritt die grosse Wende ein und deine Kräfte streben dem Vollenden dessen, was du unbewusst an dir begonnen, zu. Neue Werte scheinen dir erstrebenswürdig und den alten haushoch überlegen; nützlich ist dir, was dir frommt zum ewigen Wohl, dem du deines We-sens Weihe darbringst und von ihm die Kraft empfängst, bewusster noch ins Unergründliche zu stossen. Leistung ist nur möglich, wo die Kräfte dazu reichen; Schönheit braucht Elan, und Schwung verleiht das Eine, das sich selber in Bewegung hält und dennoch in sich selber ruht, so sanft und süss und seliglich, als würde draussen nichts und wieder nichts geschehn.
Erlaube dir zu sagen, dass du weisst und dass du nach dem Wissen handelst, bis es leicht wird und ein Segen für die Weltenbünde und Geselligkeiten grosser Geister, die sich dir voll Ernst und Heiterkeit verbunden.

6.11

Ahnung ist Bestätigung des Unerforschlichen, das uns in stillem Wehn umflutet und durchwebt und lautre Liebe will in uns gebären. Wir sind Vernetzte der Unendlichkeit, auch ohne es zu wissen und wissen's doch, wenn wir nur Selbstbesinnen üben und enthaltsam sind der Unrast, die uns will verschlingen. Brav sein ist im Grund nicht doof und würde vielen besser anstehn und bekömmlich sein, als alles aufgeplusterte Gehabe. Besser ist's dem Weltgewissen zu gehorchen, als dem eignen Soll und Haben in der Werkgemeinschaft der Geborenen. Was du auch tust, bewegt gar viele Bändel nah und fern und zeitigt Händel oder Ebenmässigkeiten in der herrschenden Gefühlsstruktur. Zorni-

ges muss immer Zorn bewirken, der als Echo früher oder später wieder dich erreicht und arg zerzaust in seiner Unerbittlichkeit des Sich Entladens. Das ist im Kleinen wie im Weltenvölkerhaften so und ist Naturgesetz in Aktion, das will für Ordnung, Sitte, Transzendenz und Zärtlichkeit des Umgangs sorgen. Mehr und mehr soll sich der Clanbegriff ins allgemein Befindliche erlösen, das weder hoch noch niedrig setzt im Hinblick auf das Innerste der Wesen. Kein Verklemmen, Stemmen, Übertrumpfen, Unterjochen und Besitzergreifen soll das edle Bild der Gottheit, das in jedem west, missachten und geringer schätzen, als das eigene, das meistens noch verschüttet und geschändet liegt und unter soviel Nichtigkeiten, die wir treulich züchten und geschwind dem Edlen vorziehn, wenn es gilt, sich zu entscheiden.
Ruf und Ruhm sind ungleich zwei Geschwister im besagten Menschentum, die vehement in ihrem Sinngehalt und Trachten auseinanderstreben. Ruhm gehört dem Einen, aber keinem ganz allein; Ruf ist fein gestimmter Anklang in der Seele vieler, die Berufung in sich spüren, Götterweisheit und Gerechtigkeit zu finden und im Leben auszubreiten zur Erbauung schönen Wohls und zur Beschaulichkeit, die Wonne schafft und Wirklichkeit des Seinserlebens.

6.12

Magnetisch angezogen sind wir von dem Unbekannten, das in Höhlen oder Höhen sich verbirgt und Träume schafft von Reichtum, Freisein, Übermächtigkeit und Innigkeit in einem vor dem Seelenfensterlein aus dem wir unsre Welt beschauen. Adam Riese suchte schon nach Definitionen und erfand die Rechenfibel, die den Generationen half, mit blanken Zahlen umzugehn. Wieviel mehr muss uns das Wort, das aus dem Geiste von dem Geiste spricht als Wunderwerk erscheinen und uns helfen im Zusammenzählen zweier Welten, die nur eine sind und nur von unsrer Illusion gespalten werden. Gekommen ist die Zeit, wo Fuchs und Hase sich in aller Offenheit begrüssen, wo uns die Sterne fallen ins Gemüt und wir den Sternen zu Gefallen sind in unsern höchsten Ambitionen. Die Räder des Gewohnten brechen ein, gewaltige Stürme brausen und verweisen uns auf Dinge, die von keiner Habsucht oder Sicherheit berührt sind, weil sie im Unendlichen sich selber sind voll Anmut des Erscheinens.

Triffst du auf Bedenken, denke, dass dein Sachverstand nur bis zum Ende reicht der Hirngewinde, die dein Häuptlein trefflich zieren. Weitet sich jedoch dein Sinnen in das Sphärenhafte, dem Erkennen innewohnt, so bist du mit den Kräften, die das All erwirken in Gediegenheit verbunden und verbreitest ihre Absicht ins natürlich menschliche Erleben. Erbauung ist hier gross geschrieben und soll fliessen von den Sternenräumen bis ins hinterste, verschwiegenste Gemach, in dem wir uns verkrochen halten. Aufschluss leisten soll, was hier gesagt ist, in den Seelen, dass sie frei und offen sind für neue Wirklichkeiten, die sie sanft und kaum bemerkt berühren, um ihr Wesen eine Strecke weiter der Vollendung zuzuführen.

Das bedeutet Wonne, Wünschelosigkeit und graziöses Gnadenspiel im Zustand des Entzückens an der Welt der Fabelhaftigkeiten, deren Teil wir sind und deren Fülle in uns wohnt als Sein vom Sein, als Sinnbild des Erhebens wie als Güte ohne Makel wunderbar.

6.13

Leg einen Blütenkranz an deinem Grabe nieder, wo die Selbstsucht stille ruht und alles Missverstehn des Wirkenden und Wirklichen, in das du unausweichlich eingebunden. Jeder Brückenbau bedarf des Lehrgerüsts, das hat die Leichtigkeit des Bogens, der die Ufer fest verbindet, vorerst zu ertragen. Hat es seine Pflicht getan, so wird es abgebrochen und ins Magazin gelegt. So das Provisorische am Menschen. Immer ist es da für eine Zeit, dem Nächsten, Höheren als Stütze, Grundsatz und Idee zu dienen. Dann muss es verschwinden, um nicht zum Ballast zu werden für das Kommende, Erspriessende im Evolutionenreigen. Vielen, allen fällt es schwer, das Abgedroschne hinter sich zu lassen und allein dem Neuen, Vorwärtsstürmenden die besten Kräfte zuzulenken voll Gewissenhaftigkeit und Seinselan. Nabelschau muss Hemmnis seiner selbst bedeuten, Nichtbeachten der Signale, Stillstand, Irrweg und so weiter in der Brunst und Gläubigkeit, die jede Seele in sich trägt, dem Unerhörten steil entgegen.
Hast du Wagemut gekostet und die Freude des Erringens eines grossen Ziels, wirst du so leicht nicht mehr auf deinen Wohlbekömmlichkeiten ruhn, die alle ins Verderben fallen, eh du's recht bedacht. Nur im blitzenden Gefecht kann sich das Licht verfangen, kann sich Siegeslust entzünden, die heroischen Taten zu Gevatter steht und alles möglich macht, was du als edel und erstrebenswert empfunden. Hoffart, Missgunst, Trägheit und Begehren haben keinen Platz am Horizont des Übergangs in neue Welten, der als makelloser Morgenhimmel leuchten soll ins hoffende Gemüt und Offenheit verkündet für das Strahlende, das kommen soll in seinsgemessnen Zügen. Jeder Willkür fremd, gewährst du selber dir, was dich beglückt und

lässest das Holdselige in deine Mitte fahren. Treu im Wesen, tur-teltäubchenhafter Unschuld zugetan, verbreitest du den Odem reiner Wonne und den Sinnklang unbeschwerter Heiterkeit im Ewig Guten.

6.14

Mild gestimmt und liebenswert kommst du daher, wenn dein Befinden sich gelöst hat von Verkrampfungen und falschem Argwohn im Betrachten deiner Angelegenheiten. Wie rasch verändert sich dein Bild der Welt, wenn sich die fliessende Gestimmtheit eines andern Laufs besinnt und das Mäanderhafte ihrer Züge sich zur Ansicht wendet, dass sie gut und nützlich sei in allen Fällen, die da Herz und Sinn bewegen. Keine Geste irgendeines Wesens geht verloren und gereicht ihm selber und dem Ganzen schliesslich doch zum Wohl, weil alles Weltgefühl den Frieden will und unbedrängtes Prosperieren.
Sang von ewigen Sängen will aus ihm erspriessen, freies Sich Entfalten in den Künsten und ein unbeschwertes Dasein in der reichgeschmückten Zeit mit genialen und phantastischen Errungenschaften. Eine Renaissance des Schönen kann sich jeden Augenblick ereignen in der Seele eines Wachgewordenen für das geheimnisvolle Weben, das in ihm geschieht und das ihn stets verändert, einer fabelhaften Glorie entgegen. Heil ist ihm das Gottsystem, in das er und die schwebenden Allweiten eingebunden, lieblich klingt ihm seines Tagens Melodie im Umraum des Erkennens wahrer Würde und gesammelten Agierens.
Wackern, Dezidierten, Aufgeschlossnen, Ehrfurchtsvollen und Zum-Sein-Gewandten geht es so, dass sie das Mal des Seelenfortschritts an sich tragen und gewissenhaft, geduldig und bescheiden auf der Seite der Erwählten stehn. Ihr Sein ist

nimmer zu beklagen, in ihren Wundern dürfen sie sich wohlgeborgen und gerettet sehn und allen Sich Bekümmerns bar ein grosses, reines Augenmerk auf sich gerichtet fühlen. Was immer sie bewegt ist Ausdruck einer unerhörten Sicherheit im Sich Bewegen, was ihnen mundet, hat Unendliches in ihren Mund getan und was sie fördert, kommt von himmelhoch erhabnen Obrigkeiten. Weisheit, Wissen, Seligkeit und Sinnkraft zu verströmen ist ihr Ziel; Bedrängte schützen, Leidgeprüfte trösten und Gewissenhafte stützen ihres Hierseins nobles Unterfangen, das die Welten sicher durch Äonenläufe führt.

6.15

Jung vermählt, alt gestählt», im Fall des Aneinanderschmiegens zweier Unvereinbarkeiten: Erd und Himmelswelt genannt. Glaubst du an Scheidung, bist du falsch gewickelt und verwirrst die Dinge, statt sie zu erklären. Sieh wie sich Gedan-kenlosigkeit bezahlt macht in Bezug auf Leben, Sein und Herzensgüte, die verbinden innen, aussen, oben, unten und gewähren seidenweiche Sicherheit und Ruh. Was dich malträtierte tritt zurück und öffnet einem Fluss von Freudentränen seine Bahn, indem du unbekümmert deiner Wege gehst des Seinsvertrauens und des Lichtstreifs der Versöhnlichkeit, der vor dir hergeht, alles Widerspenstige zu zähmen.
Mund zu Mund beatmet dich das Herrliche, wenn du beschämt und offen daliegst, deine Ohnmacht frei bekennend und um Hilfe flehend in der höchsten Not. Das Gelispel deiner Lippen wird vernommen, in die Beuge deines Wesens tritt Gesunden und Erfrischen, dass du wie verwandelt wieder Sinnkraft findest im Natürlichen und Halt im Überirdischen, dem du geweiht bist und gewogen offenbar.

Das Heimliche wird hell und Trübes klar im seinserklärenden Erwarten, wie im Hoffen, Harren und Gedulden an den Ufern der Unendlichkeit, an die es dich verschlagen. Nutze deinen Sinn für Wahrheit und Gerechtigkeit, wenn du aufs äusserste gefordert bist vom Schicksal, das du selber dir erkoren und vernimm der Weisheit Spruch, der dich hinüber leitet zu den saftigen Weiden des Erkennens deiner Seinsnatur. Nichts Faibles, sondern eine Flut von Fabelhaftigkeiten stösst dich an im Reich des reinen Wohls und gewährt dir das Entzückende, das du so lang entbehrtest in dezentem Wallen her und hin. Himmlisches und Irdisches vermählt sich schlicht und segensreich vor deinen Augen und gewährt dir Absolution der Illusionen, die du dir im Wirbel der Gezeiten auferlegt.
Nun ist Ruh vom Tagwerk des Erprobens, Deutelns und Verneinens aller Gegensätzlichkeiten, die doch nur zum Einen und Vereinen führen mit der Glorie des Wirklichen und Unverwandelbaren, das da Ist und das in alles seine Züge senkt in nonchalantem Siege. Trau und schau, dass du dem Höchsten dich anheimgibst ohne Wenn und Aber und gewissenhaft und schön, damit die Sprosse Sprossen werden einer Leiter zur Allherrlichkeit, auf der du hüpfend deine Würde findest, deine Andacht, Dankbarkeit und Wonne des Erfahrens glänzender Bewusstseinsklare im Begreifen und Verstehn.

6.16

Unwillig sieht sich mancher aus dem Schlummer des Gewähnten und Gewöhnlichen gerissen durch die Forderungen, die das Leben an ihn stellt und die ihm reichlich ungewohnt erscheinen. Macht er sich dann klar, dass immer nur sein kleines Ich erschrickt und dass er ja im grossen ruht und in ihm wohlgeborgen seines Lebenswandels Ebenmass erfüllen kann, so ist ein jegliches Bedenken rasch verflogen und die Stimmung waltet, dass nun alles kommt, wie's nach den Weltenplänen sein muss und nach einer hohen Weisheit Überschauen.

Allen ist der Tag so lieb, die sich im Überweltlichen erwacht und gegenwärtig sehn. Wie rauschend Wasser ziehn die Läufe der Natur an ihrem Sinn vorüber und berühren ihn im Grund nicht mehr. Alles ist ein Gleichnis wallender Emotionen auf dem Lebensplan und offenbart die Einheit oder Widersprüchlichkeit, in der die Menschengeister sich befinden. Egoismus gilt im Reiche des Durchschauns der Motivationen gar nicht viel und gleicht dem Schaum des Meers, der sich auf stolzen Wogenkämmen aufwirft, um sogleich im Abglitt wieder zu vergehn. Wende du im Taumel dich zu festen Ankern der Bewusstseinsklare, die dich still und wohlgefasst umstehn und Hilfe bieten jederzeit auf deinem Gang durch wachsendes Gewittern und Bedrängen deiner Ruh. Was dir sinkt in Trümmer, wird in neuer Blüte wieder auferstehn; was gestrandet, macht ein höherer Wille wieder flott in deinem Dich Begründen und gewährt dir manche frohe Fahrt mit wehnden Wimpeln, deren Ziel du im Vertrauen schon als Wirkliches vor dir gesehn.

Nun lausche staunend einer Sage reiner Herrlichkeit, die sich in dir wie Klang aus ferner Zeit erhebt und seinsbeglückend deines Wesens Räumlichkeit durchschwebt. Am stillen Ufer deiner Unrast setz dich nieder und erlebe, was du nie gekannt: Ein abgrundtiefes Seufzen des Erlöstseins von der Lebensqual. In wunderbarer Minne bist du aufgehoben als ein Lächelnder von Treu und Glauben, von errungnem Glück und von des Seligseins herzinnigem Erfahren. Trauben reiner Wonne hangen tief vor deinem Schnäbelein und helfen deinem Naschen auf die Beine, dass du als

Verfrühter und Verführter deines Daseins dich erlebst zur Stunde des Erwähltseins maienhaft und klar.

6.17

Bereite deine Seele dem Gewaltigen, das sie ergreifen will und neu beformen aus unendlich fabelhaften Höhn. Erwecke, was du Bist und sende Licht in deine fahlen Tiefen durch das Wort, das du in dir entzündest, dass es sich an dem vermehre, was da Ist und was sich ohne Grenzen breitet über der Allweiten Tal.
Deiner Sendung inne künde Freiheit wo du kannst von selbstgebundnen Trieben und erlöse, was sich mählich löst ins überirdische Gewahren. Stimmung stösst zu Stimmung der Unendlichkeit, wo alle Stricke reissen und allein Vertrauen, Liebeskraft und Sehnsucht deinen Fall bestimmen in die hochgebendeiten Höhn. Verschaffe dir dein Recht, indem du Himmlisches in dein Bewusstsein strömen lässest ohne Unterlass, bis deine Speicher schwer gefüllt sind von gewichtigen Gaben. Ordne, was zu ordnen ist in deinen Gauen und lass zu, was sich an dir ereignet, ohne Widerwillen zu erzeugen. Denn, was du dir selber leistest leisten dir die Kräfte, die du liessest los und tragen dich und schlagen dich nach deinem Willen in den Generationen die du würdevoll durchlebst.
Schaffe neu, was du verdorben und erhalte, was du dir erobert und erprobt im langen Muss und Wie in deinen Höhlengängen, bis ein ferner, süsser Schimmer dir den Ausgang kündet - und die Helle einer neuen Weltenwirklichkeit sich naht ob deinen siegessichern Schritten und der Inbrunst, die dich nimmer liess und lässt verzagen. Meister-schaft erklärt sich aus Geduld und Milde, Makellosigkeit und Millionen kleinen Dingen, die Beherrschung

heischen und Gewissenhaftigkeit in wacher Euphorie des Strebens. Mangelnde Präsenz ist Rückschritt; Konzentration und Herzensgüte Wandel auf den rechten Pfaden, deren Ende Langmut ist, Beglückung und Begeisterung für neue Eskapaden. Weiter, weiter reitet sich's auf Bergeshöhn; dem weissen Schimmel wachsen Flügel, dem Unendlichen entgegen, das bezaubernd vor ihm liegt und das ihn aufnimmt unfehlbar in wundervollen Tiefen.

6.18

Warmes, weiches, wissendes Behüten deiner Tugenden ist dir zu wünschen durch die langgedehnte Lebensliturgie, die dich befallen und die du hast zu feiern durch die Menschenweise in der Tage Last und Ziel. Vorlaut soll noch keiner werden ob dem Kloss, den er errungen an Befriedetsein im Teich der Sorgen, denn an Nahrung braucht die Seele viel, bis sie ganz nüchtern, ganz auf eins gestimmt dahingeht über jenen Punkt, wo keine Rückkehr möglich ist und kein Entrinnen dem Allherrlichen, das ihr bevorsteht sonder Wahl.

Das Manifest der Güte steht vor ihren Augen Tag für Tag im kämpfenden Behaupten ihrer Seinsprinzipien; Gedanken stösst sie an, die alle nur geradewegs zum Glanz und zur Erfüllung führen. Macht und Ohnmacht sind in ihrem Tun in eins verflochten; Bekanntes und Begehrtes löst sich auf im Unbekannten, das im Äthrischen sich birgt und seiner Stunde harrt des offensichtlichen Agierens im versunkenen Gemüt. Eine Woge des Begrei-fens wälzt sich hin und wider; Geben wird zu Nehmen und Genommenes vergibt sich laufend an die Welt der tausend Möglichkeiten zu empfangen und genährt zu sein mit Seinserhabenheiten ohne Zahl. Luftig, duftig muss sich alles heben in den Aufwind

einer Zeit der Wende zu erkannten und erfahrnen Seligkeiten. «Immer werd ich froh«, soll jeder sagen können, «wenn ich mich des Seins ersinne im erhobenen Bewusstsein und mein makelloses Mir Gehören schauen darf in freudigem Erröten.» Geistesgegenwart ist alles, was gefun-den werden muss im Heerlauf des Gerechtseins vor dem höchsten Oberwacher unsrer Kür. Noch und noch sind wir gehalten, beide Augen aufzu-schlagen, dass das Eine nicht an uns vorübergeh' und ohne dass wir's sehn.
Es mehren sich, es ehren sich die Zeiten, wo das Unvergängliche zum Gültigen und Güldnen sich erhebt in unsrer Weise, mit dem Leben umzugehn und wo wir sicher und beflissen heimatlichen Boden streifen in jedwelchem zuckenden Gedanken und im wunderbar gesegneten Befinden des Gemüts.

6.19

Vom Drang und Hang zum Ausserordentlichen umgetrieben, lässest du die fettsten Pfründen stehn und brichst zu Abenteuern auf, die dich zu Weh und Ach und immer weiter zur Vollendung führen. Ehrgeiz ist dabei im Spiel und Ahnungs-losigkeit zugleich in reichem Masse, denn wüsstest du voraus, wohin dich deine vehementen Züge führen, die Finger würdest du von vielem lassen und den Willen zur Bravour durch Seinsbescheidenheit ersetzen. So aber scheint die Irrung und Verwirrung im Programm, das du dir selber auferlegst als Nonplusultra deiner Qualitäten. Horch dich ab und sag dir, ob du mehr aus dir her-auszupressen fähig bist als zweifelhafte Weitsicht und entschiedne Unbestimmtheit des Gelingens. Nur dass eine reine Flamme unbedingter Gläubigkeit dein Sinnen adelt und den Sinn vermehrt, der sich aus deines

Handelns wirkendem Elan ergibt zum Wohl der Welt und zur Erfüllung eines Plans von über-greifenden Dimensionen. Immer ist das Einzel-gängerische aufgeschmissen, wenn es sich brüsk herausreisst aus dem sanft geflochtenen Gewebe von Natürlichkeit, Behutsamkeit und Übersicht, das uns die Götter vor das sinnende Beschauen legen. Hand in Hand soll alles sich ergeben mit dem Grössten und dem Minikrimsten, das sich regt und einen Beitrag leisten soll zum allerfüllenden Gedeihen.
Keine Strecke ist zu weit und keines Muskels Spannung übertrieben, wenn es darum geht, dem lodernden Gedankengut des Seins den würdigen Tribut zu zollen und sein Werk in unserm zu vollbringen als ein Muster von Gediegenheit und fliessendem Koordinieren. Der Apfel und das Szep-ter eines und desselben Reichs der Unergründlich-keit sind zu erhalten und mit Formung zu versehen. Nicht zu trennen ist die unsre von der Urgewalt der Sphären, die Gewissenhaftigkeit, Vertrauen, Spürsinn und Ergebenheit verlangt in ihrem Duk-tus des gezielten Vorwärtsschreitens und des wundervollen Schaffens an der Schönheit der erstrah-lenden Gestalten. Nimbus hin und her, es gibt kein andres Sagen und Bestätigen als dies Erhabenste und Wohlerwogenste das Ist und dem wir in den tiefsten Tiefen wie ein Ei dem andern gleichen.

6.20

Konstanz und Liebenswürdigkeit sind Sterne, die noch alleweil zum Ziele führen. Man halte niemand etwas vor, weil alle mit dem Sein Beziehung pflegen und weil wir damit uns selber weh tun als dem Seienden von überirdischer Potenz und von allweltlichem Bedeuten.

Geriegelt und geschniegelt sein braucht niemand vor des Herren Augen, äusserlich gesehn, doch gibt es in der Haltung fast unendliche Nuancen, die von Lässigkeit, Gewiegtheit oder liebevoller Weise zeugen mit den Lebensdingen umzugehn. Brach liegt manche Scholle des Begreifens, wenn sie nicht der Same streifte des behütenden Erklärens und des brüderlichen Miteinander Gehns.
Fair und friedlich soll das Problematische behandelt werden zwischen den Betreibern unterschied-lichen Besitztums im erklärten Aneinanderreihen. Aller Vorteil soll sich allem Nachteil stellen auf der Waage der Gerechtigkeit und soll kein Jota hinter-lassen irgendeines Überbordens. Nur Distanz und Gottesfürchtigkeit kann solches bringen und kann Freude, Friede und Vernünftigkeit bestellen auf dem Feld des Hin und Her. Schliesslich müssen alle nach der Geige tanzen der Gesetze des natürlichen Ausgleichs der Gegebenheiten und sind froh, wenn sich die Wogen des bornierten Rechtbehaltens legen und das Rechte, Ebenmäs-sige Gewicht erhält und Boden.
«Trau schau wem», sagt man so leichthin über einen Leist geschlagen. Doch bemühst du dich, zuerst zu trauen und dann des Vertrauens Wirkung abzusehn, bringst du's viel weiter in der Kunst des Miteinander Handelns und Denselben Weg Begehns. Noch jedes denkende Beginnen will sich kondensieren in das Urteil, das es in sich birgt und will bestätigt sein in seinem folgerichtigen Gebaren. Sieht ein Wesen solches ein und richtet sich danach, so öffnen sich ihm alle Wege zum Erfolg in seinen Intentionen und zum immer-währenden Geachtetsein als zuverlässiger Spieler in der überragenden Partie, die uns das Leben bietet.
Schnurrende Zufriedenheit belegt den Kenner, Könner und Besteller der beseelten Ausgewogen-

heit und des SichFindens in der Milde wahrer Menschlichkeit und der Gelassenheit des Würdigen auf rechtem Pfad.

6.21

Nimmer brich den Stab dem Unbotmässigen gegenüber, weil du selber noch so oft das Ziel verfehlst der Evolution in deinem Wüten. Unbescheiden bist nur du, wenn du vermeinst, das Unbescheidene entdeckt zu haben, denn was du nicht hergibst, macht dich unnachgiebig und gewaltsam und verankert dich im Kleinlichen, dem du entrinnen möchtest oder solltest sonder Wahl. In Zweifeln lass dich nur vom Überweltlichen beraten, das dich unbehelligt durch die Stürme trägt und Missmut, Furcht und Unbehagen bald in Sanftmut, Sicher-heit und Wonnesein verwandelt in der Minne einer Lösung von urewiger Bravour. Sind die Waffen nicht gekreuzt und liegen friedevoll beisammen, lächeln auch die Täter sich befriedet an, vergessend alles Schäumeschlagende im Odium erlebter Harmonie.
Die Brunst hat wenig mehr zu sagen, wo das reif gewordne Seien wohnt und sich das Seinsgeschwisterliche als ein Wundertätiges verbreitet, das Gehorsam lehrt, Verständnis und Verzeihen.
Nimms als Akt der Selbstverständlichkeit, wenn du vom Kleinen, Rat vermissend, dich zu Höherem wendest und von ihm, in rettendem Geflüster, das empfängst, was als das Weltenrecht sich Geltung schaffen möchte und Befehl. Sei stumm wie eines Fischleins schweigendes Entgleiten und empfinde so das Seinssonore, das die Wesen alle durch die Zeiten führt und ihnen Halt gibt vor dem lauernden Verderben.
Ein Bericht ist immer auch ein Wünschen nach bewusster Billigung und wohlgesittetem Verstehn.
Doch kommt es auf das Wie des Ausdrucks an,

damit er ankommt in der See-lentiefe deines Gegenübers und als Same sich in seine Schichten setzt des Sich Besinnens auf das Aufgenommene, um darin wie die reinste Blüte aufzugehn. Schön soll sein der Anblick einer guten Rede und beglückend in der Logik ihrer Teile, die sich wie ein Liebespaar in lauer Sommernacht zusammenfügen. Warte auf Erwiderung, bevor du weitersprichst und sei es nur verständnisvolles Nicken, das dir sagt, auf welche Weise sich die Worte eingebettet haben und zum Lebensgut geworden sind im teilenden Gehaben.

Zahle nie mit gleicher Münze heim, wenn Angriff dich zur Schärfe reizt und scharfem Respondieren. Lass die lautre Liebe als ein segenvolles Atmen über jede Szene heftigen Disputierens gleiten und befriede so, was sich von Böcken zur gestillten Lämmerherde wandeln soll im Handumdrehn.

6.22

Dienend kämpfen'>, mag ein Wahrspruch sein von sonderlicher Grösse, der Beweglichkeit erfordert, guten Willen und die Kraft, auf die Bedürfnisse des Andern einzugehn. Wie leicht gesagt und ach wie schwer vollzogen ist ein jedes Spruchbrevier in den vier Wänden des Gestaltens und Verwaltens unsrer Angelegenheiten. Geben aus der Fülle eines guten Herzens ohne noch an eigne Sicherheit zu denken ist dem kleinkarierten Ich ein Unding, weil es nur sich selber sieht in seinem Überlebenwollen. Anders das erhabne Selbstgefühl des Weisen, welcher alles an ihm als Geschenk der Götterwelt betrachtet und sein Leben als von ihr verwaltet sieht. Wie so anders klingt ihm dann die Not der Ebenbürtigen in die geneigten Ohren und wie umfassend denkt er dann, dem Allgemeinen förderlich zu sein mit seinen Taten. Denn es liegt das Wehen der Geschwisterschaft in allen Zügen

des Lebendigen und fordert solidarisches Benehmen aus der Einsicht und Bewegtheit eines feingefächerten Gemüts, das sich erkennt als Wirkendes der Weltenseele.
Wen mag es wundern, wenn so vieles noch als Torheit angesehen wird, was Gütige tun, im Angesicht der Etablierten, die sich keinen Deut um andre kümmern und die Selbstgerechtigkeit für sich allein gepachtet haben. Wahn der Wahne, jeder Weichheit fern in heller Milde der Gedanken und der Geste bruderschaftlichen Vergebens.
Siehst du dich ein wirkliches Geschenk empfangen, erstrahlt die Glut der Dankbarkeit im Herzensgral und bringt dem Spender im Gerührtsein alle Lieblichkeit der Welt entgegen. So bewegen sich die schöngeformten Seelen wie in einem Raum von Zärtlichkeit des Sich Begegnens und Sich-frei und rein Umfangens in Beglückung, Wonne und Verstehn. Es laben sich die Geister am Brunnen der Holdseligkeit, der Liebe sprudelt, Achtung und Gemeinsamkeit des Seins in wundersamen Regionen. Trautheit ist der Gütigen Los und schwebende Vertrautheit mit den göttlichen Belangen, die alles in die rechten Bahnen leiten und Befördern an die Stelle des Verwundens setzen.
Gewinn ist Lösung vom Gerafften und Erfüllung Fülle des Verschenkens in der unerschütterlichen Weise, die die Götter mütterlich an uns vollziehn.